U0358571

正史與小說

辛德勇

读书随笔集

生活·讀書·新知三聯書店

图书在版编目（CIP）数据

正史与小说／辛德勇著. —北京：生活·读书·新知三联书店，
2021.1
（辛德勇读书随笔集）
ISBN 978 – 7 – 108 – 07028 – 9

Ⅰ. ①正⋯　Ⅱ. ①辛⋯　Ⅲ. ①随笔 – 作品集 – 中国 – 当代
Ⅳ. ① I267.1

中国版本图书馆 CIP 数据核字（2020）第 255768 号

责任编辑　张　龙
装帧设计　薛　宇
责任印制　徐　方
出版发行　生活·讀書·新知 三联书店
　　　　　（北京市东城区美术馆东街 22 号 100010）
网　　址　www.sdxjpc.com
经　　销　新华书店
印　　刷　河北鹏润印刷有限公司
版　　次　2021 年 1 月北京第 1 版
　　　　　2021 年 1 月北京第 1 次印刷
开　　本　880 毫米 × 1230 毫米　1/32　印张 5.25
字　　数　104 千字　图 24 幅
印　　数　0,001 – 6,000 册
定　　价　52.00 元
（印装查询：01064002715；邮购查询：01084010542）

作者近照（黎明 摄影）

辛德勇，男，1959年生，北京大学历史学系教授，北京大学古地理与古文献研究中心主任。主要从事中国历史地理学、历史文献学研究，兼事中国地理学史、中国地图学史和中国古代政治史研究，主要著作有《隋唐两京丛考》《古代交通与地理文献研究》《历史的空间与空间的历史》《秦汉政区与边界地理研究》《建元与改元：西汉新莽年号研究》《旧史舆地文录》《石室滕言》《旧史舆地文编》《制造汉武帝》《祭獭食蹠》《海昏侯刘贺》《中国印刷史研究》《〈史记〉新本校勘》《发现燕然山铭》《学人书影（初集）》《海昏侯新论》《生死秦始皇》《辛德勇读书随笔集》等。

帝 皇 始 秦

图一　明万历刻本《三才图会》中的秦始皇像

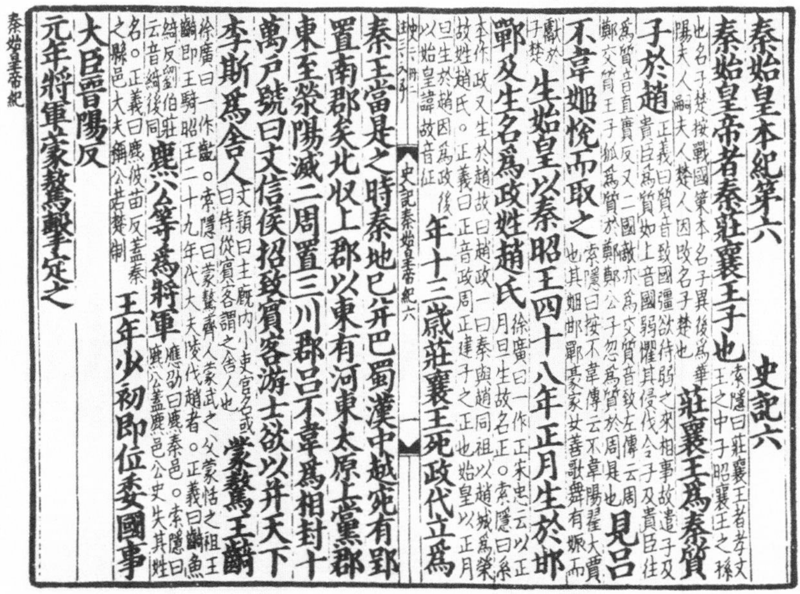

秦始皇本紀第六　史記六

秦始皇帝者秦莊襄王子也索隱曰莊襄王者孝文王之中子昭襄王之孫也名子楚按戰國策本名子異後爲華陽夫人嗣夫人楚人因改名子楚也莊襄王爲秦質

子於趙正義曰質音致國彊欲待弱之來相事故遣子及貴臣爲質如上音國弱懼其侵伐令子及貴臣往爲質音直實反又二國敵亦爲交質音致左傳云周鄭交質王子狐爲質於鄭鄭公子忽爲質於周是也見呂

不韋姬悅而取之索隱曰按不韋傳云不韋陽翟大賈也其姬邯鄲豪家女善歌舞有娠而獻於子楚生始皇以秦昭王四十八年正月生於邯

鄲及生名爲政姓趙氏徐廣曰一作正宋忠云以正月旦生故名正。索隱曰系本作政又生於趙故曰趙政一曰秦與趙同祖以趙城爲榮故姓趙氏。正義曰正音政周正建子之正也始皇以正月旦生於趙因爲政後以始皇諱故音征年十三歲莊襄王死政代立爲

史記秦始皇帝紀六　一

秦王。當是之時秦地已并巴蜀漢中越宛有郢

置南郡矣北收上郡以東有河東太原上黨郡

東至滎陽滅二周置三川郡呂不韋爲相封十

萬戶號曰文信侯招致賓客游士欲以并天下

李斯爲舍人文穎曰主廄內小吏官名或曰侍從賓客謂之舍人也蒙驁王齮

徐廣曰一作齕。索隱曰蒙驁齊人蒙武之父蒙恬之祖王齮即王騎昭王二十九年代大夫陵代趙者。正義曰齮魚綺反劉伯莊云音綺後同麃公等爲將軍應劭曰麃秦邑。索隱曰麃公蓋麃邑公史失其姓

名。正義曰麃彼苗反蓋秦之縣邑大夫稱公若楚制王年少初即位委國事

大臣。晉陽反

元年將軍蒙驁擊定之

秦始皇帝紀

图二　百衲本《二十四史》影印南宋建安黄善夫书坊刻三家注本《史记》

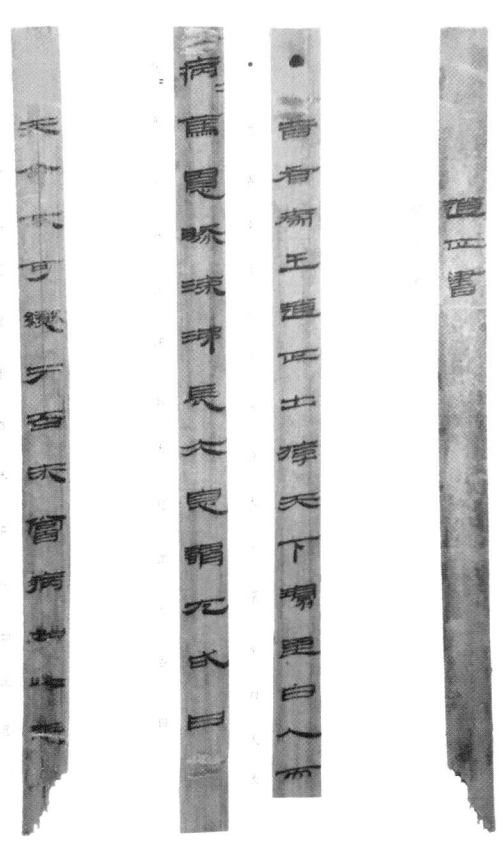

图三　北京大学藏西汉竹书《赵正书》

图四　秦阳陵虎符

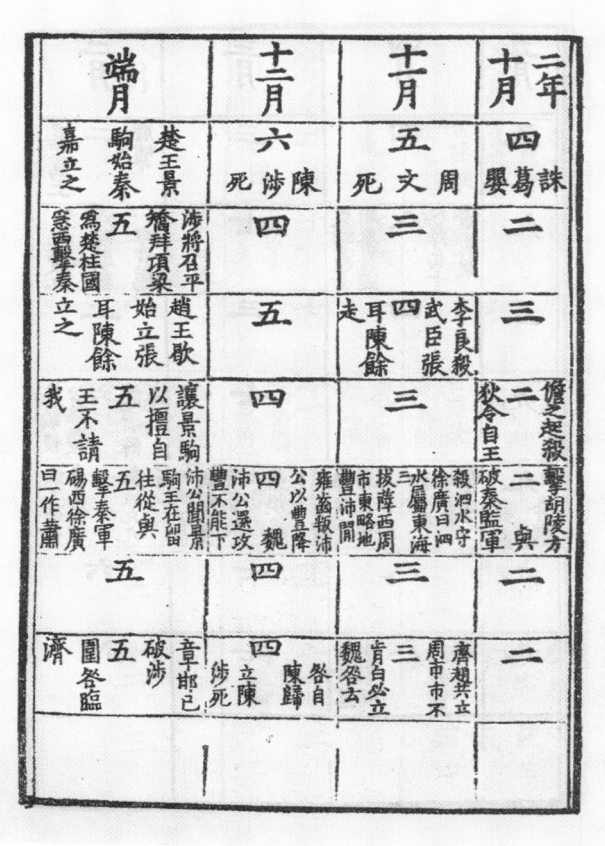

图五　凤凰出版社影印宋刊十四行本单附《集解》之《史记》

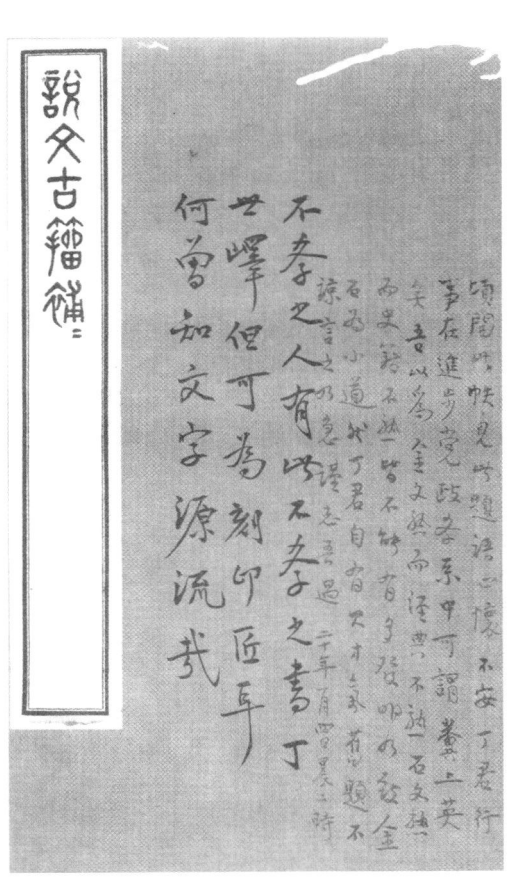

图六　傅斯年藏书题记

制諡叙法

諡者行之迹也，號者功之表也，車服位之章也。古者有大功則以為號諡。是以大行受大名，細行受小名。行出於己，名生於人。

一人無名曰神（民無能名稱善）

揚善賦簡曰聖（得稱所稱得人所善別得簡善）敬賓厚禮曰聖

德象天地曰帝（同於天地）靜民則法曰皇（靜安）仁義所在曰王（民往）

立制及眾曰公（志無私也）平易不疵曰間（藏多病也）經緯天地曰

文（成其道也）道德博厚曰文（知之）學勤好問曰文（不恥下問）慈

文成其道也　德博厚曰文（惠以成）

惠愛民曰文（惠以成）愍民惠禮曰文（以禮）錫民爵位

執應八方曰侯（所執之也）

壹

過公傳山先生圍之且子得毋以劉原父有好簡
歐九之云從而和之乎余且非散然實親愛之集
古鋒族尾因笑劉原父既對客言好簡歐九極有
文拳但可惜不甚讀書甲也日英諾語及原父辭
魏公對以似有文學歐公曰其文章未仕博學
可得耶似屬相報原父立未仕
同姓鄉有宗氏不同而姓不同不可為婚姻若僅有
二孔氏出于下姬此三孔固可相為婚何者姓不同
故孔子出於子孔之孔出於姬郎仲如有姬何於結婚
已姓傳至為春秋為若子為鄭子視融之後八姓亦

有巳婚傳至商末為有蘇氏周初為蘇忿生此二
巳何妨為婚姻何者以多有其前得之姓不同德
故此亦從來論人秦始皇本紀
非巳此自出史記始皇本紀出始皇帝趙氏蓋
秦惠近古深得古者天子建德因生以賜姓之義
猶皇帝以姬水成遂姓其德任姚姓姚姓
也降至於漢人皆識其姓陸終乃任任刑法不
寰幸滅趙氏燕王旦卧尉佗入南陳涉為楚蔡炊火
作亂內外俱發趙氏無焚火為顏師古注謂秦以其
言統配也正指始皇之姓言太史公廟謂秦以其

图七　清乾隆眷西堂原刻本《潜邱札记》（左上）

图八　《四部丛刊初编》影印明嘉靖本《逸周书》
　　　（左下）

图九　秦二世诏量铭文（右）

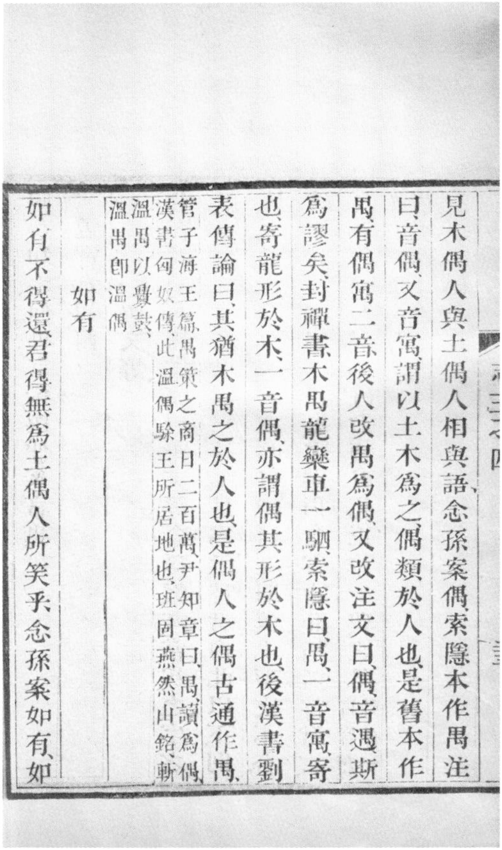

見木偶人與土偶人相與語念孫案偶索隱本作禺注
曰音偶又音寓謂以土木為之偶類於人也是舊本作
禺有偶寓二音後人改禺為偶又改注文曰偶音遇斯
為謬矣封禪書木禺龍欒車一駟索隱曰禺一音寓寄
也寄龍形於木一音偶亦謂其形於木也後漢書劉
表傳論曰其猶木禺之於人也是偶人之偶古通作禺
管子海王篇禺筴之商曰二百萬尹知章曰禺讀為偶
漢書句奴傳此溫偶駼王所居地也班固燕然山銘軒
溫禺以豐衊溫禺即溫偶

如有

如有不得還君得無為土偶人所笑乎念孫案如有

图十　清嘉庆原刻本王念孙《读书杂志》

总　序

　　三联书店这次同时帮我出版六册小书。册数多了，内容又显得七零八落，于是需要对此做一个总的说明。

　　人生在世，本来有很多事可以做；即使像我这样的书呆子，除了自己读书，还是可以兼做一些社会工作的，我也很愿意去做一些这样的工作。

　　当年之所以从社科院历史所断然离去，并不是因为我太清高，不想做俗事。对自己的学术研究，我从来就没有什么高远的期许。像我这样中小学教育都接近荒废的人，在那样一个特殊的文化断层年代，连滚带爬地竟成了个做学问的人，没有任何自负，只有暗自庆幸，庆幸自己的侥幸。要是能够在这个国家融入世界的过程中，有机会直接为社会做出一些努力，同样会感到十分庆幸，那是难得的福分。

　　可是，当你尝试做一些事儿的时候，很快就会明白：你面对的是一块铁板，实际上什么也做不了。剩下的，就只有困守书斋，自得其乐了。

讲这话的背景，是我这一代人的社会理想。所谓"我这一代人"，实际上是指与七七、七八级大学生同期的那一个群体。这些人中年龄大的，比我上大学的年龄要翻个番，我属于那一批人中年龄垫底的小字辈儿。但我们还是有大体相似的成长经历，因而也有着相似的社会理想和人生情怀。

时光荏苒，世事沧桑。现在，到这一代人渐渐离去的时候了。伴随自己的，只剩下房间里的书。

一个人的生活，单调到仅仅剩下读书，不管写什么，当然也就都离不开读书。因读书而产生的感想，因读书而获得的认识，还有对读书旧事的回忆，等等。所以，这套小书总书名中的"读书"二字，就是这么来的。

如果一定要说自己在读书过程中有什么比较执着的坚持，或者说有什么自己喜欢的读法的话，那就是读自己想读的书，用自己觉得有意思的方式去读。多少年来，我就是这么走过来的。

细分开来，大致可以举述如下几个方面的做法来说明这一点。

一是读书就是读书，没什么读书方法可谈，更没什么治学方法可说。读书方法和治学方法，是合二而一的事情。论学说学的人，问学求学的人，不管教员，还是学生，讲究这一套的人很多，或者说绝大多数人都很讲究这一套，都很喜欢谈论这一套。可对于我来说，或许勉强可以算作一种读书治学方法的东西，好像只有老师史念海先生传授的"读书得间"和另一位老师黄永年先生传授的"不求甚解"这八个字（两位老师对我都非常好，估计也不会另有什么锦囊妙计秘而不传）。除此之外，别无他法。我一直是随兴之所至，想读什么就读什么，读到哪儿算哪儿。既没有能力，也没有丝毫意愿去参与这类所谓"方法论"问题的议论和纷争。

正因为如此，这六册小书里虽然也有个别文稿，由于种种原因，看似谈及所谓读书方法问题，但是：其一，这些话都卑之无甚高论，根本上升不到方法论的高度；其二，写这些文稿都有特殊的原因，一定程度上乃不得已也。大家随便看看就好，把它更多地当作一种了解我个人的资料来看或许会更恰当一些。

二是喜欢读书，这只是我自己的事儿，既与他人谈论什么无关，也与学术圈关注的重点、热点无关。以前我说过两句像是自己座右铭的话："学术是寂寞的，学术是朴素的。"做学术研究，首先就是读书，因而也可以改换一个说法，即读书是寂寞的，读书是朴素的。对于我来说，读书生活的寂寞，最突出的表现就是静下心来读自己的书。天下好玩儿的书有好多，我对那种一大堆人聚在同一个读书班里读同一段书的做法，一直觉得怪怪的，很是不可思议。

三是读书过程中遇到什么问题就自己思索，很不喜欢凑集一大堆人七嘴八舌地讨论同一个问题。若是遇到的问题超出自己既有的知识范围，那么，就去找相关的书籍阅读，推展自己的知识范围，学习新的知识。我一直把治学的过程，看作学习的过程。自己觉得，这样读书，有些像滚雪球，知识这个"球"就会越滚越大。我习惯用平常的知识来解决看似疑难的历史问题，而不是依仗什么玄妙的方法。所以，安安静静读书求知，对我很重要。

"读书"之义，介绍如此，下面再来谈"随笔"的意思。

"随笔"二字既然是上承"读书"而来，单纯就其字面含义来讲，倒容易解释，即不过是随手写录下来的读书心得而已。不过这样的理解，只适合于这六册小书中的一部分文稿，若是就全部文稿而言，这样的解释显然是很不周详的。

总的来说，我写这些"随笔"并不随便，都是尽可能地做了比较认真的思考，或是比较具体的研究，其中相当一些文稿还做了比较深入细致的论证和叙说，只是在表现形式上，绝大多数文稿，从文体到句式，都没有写成那种八股文式的学术论文而已。另外，从这六册小书的书名可以看出，这套"随笔"所涉及的范围，从"专家"的标准来衡量，似乎稍微有点儿过泛过杂，或者说太有点儿随心所欲，不过这倒和"随笔"的"随"字很搭。

综合内容和形式，收录在这六册小书里的文稿，可以大致包括如下几类。

第一类是追念学术界师友或回忆自己往事的文稿。不管是旧事，还是旧情，都是当代学人经行的痕迹，在很大程度上也都体现着我本人的心路历程。年龄越来越大了。虽然没有什么了不得的经历和见识，但时光在飞速流逝，当年寻常的故事，后来人也许会有不寻常的感觉。以后在读书做研究的余暇，我还会继续写一些讲述以往经历的文稿。

第二类是一般意义上的学术随笔。读书有得而记，有感而发。其中有的内容，已经思考很长时间，有合适的缘由，或是觉得有写出的必要，就把它写了下来；有的内容则是偶然产生想法，一挥而就。虽说学术随笔归根结底只不过是一时兴到之作，但我不管写什么，都比较注重技术性环节。这是匠人的本性使然，终归没有什么灵性。

第三类是一些书序和书评，其中也包括个别拙著的自序。写这些文章，虽然有时候免不了会有情谊的成分，会有程序性的需求，但我仍一贯坚持不说空话废话，而是努力讲自己的心里话，谈自己对相关问题的思考、感想和看法。这些话，有的还不够成熟，写不成专题论文；有的就那么一星半点的知觉，根本就不值得专门去写；有的以前做过专门论述，但论证往往相当复杂，或者这些内容只是庞大论证过程中的一个很小环节，读者不一定注意，现在换个形式简单明了地写出来，更容易让大家了解和接受。总之，不拘深浅，不拘形式，更不管别人高兴还是不高兴，我总想写出点儿自己的东西。

第四类是最近这几年在各地讲演的讲稿。近些年，社会文化生活的形式出现了一种新的现象，很多非专业的人士，对历史文化知识产生了浓厚的兴趣，而且不再满足于戏说滥侃，需要了解一些深入严谨的内容。由于没有受过专业训练，在阅读相关书刊之后，这些人士很愿意通过面对面的接触与互动，更好地理解相关的知识。另一方面，一些大学在读的本科生、研究生，也有同样的需求。这样，就有许多方面组织了学者与读者的会面，我也参加过一些这样的活动。收录在这六册小书里的讲稿，大多就是我参加这类活动时的"作业"。当然也有部分讲稿是用于其他学术讲座的稿子。

这些讲稿有的是很花费工夫的专题研究，只是因为有人让我去讲，我就用讲稿的形式把相关研究心得写了出来；还有的讲稿，是为适应某种特别的需要而临时赶写，难免不够周详。相信读者很容易看明白这一点。

另有很大一部分讲稿，是为我新出版的书籍或者已经发表过的论文，面向读者所做的讲说。其中，有的是概括介绍拙作的主要内容、撰著缘起、内在宗旨、篇章结构等；有的是对书中、文中相关内容的进一步引申、发挥或更加深入的研究；有的是针对某些异议，说明我的态度和思辨方法。

我的目的不是想让读者或是他人一定要接受我的学术观点，但我希望通过这些努力，能够帮助那些想要了解敝人学术看法的人尽可能准确地理解我想说的到底是什么。这一点看似简单，其实却很不容易。我只能尽力而为，但无须与人争辩。当然在这样的讲述过程中，我常常还会谈到一些其他的知识，希望这些内容也能够对关心我的读者有所帮助。

总的来说，我自己是比较喜欢这些"随笔"的，它不仅拉近了我和读者的距离，更给了我机会，在这些文稿里讲述一些不便写在"正规"学术文章中的内容。希望读者们也能喜欢。

　　至于这六册小书的归类，不过是按照内容大体相近而略作区分而已。不然，一大本书太厚，没法看。

2020 年 3 月 30 日记

目　次

自　序

　　《辛德勇读书随笔集》中编入的这一册《正史与小说》，与这个系列里其他五册相比，内容相对要集中一些——收在这里的文稿，大部分都与《生死秦始皇》一书有关，个别一两篇的内容虽与此书没有直接关系，但讲的仍是秦始皇的事情。

　　这些与《生死秦始皇》一书直接相关的文稿，可以分为两类：一类是对该书宗旨、理念、撰著特点以及核心内容的申说，另一类是对书中一些论点的补充和进一步发挥。所以，读者若是结合《生死秦始皇》来读这本小书，应当会有更好的体验和认识。

　　这样一本书籍，我用"正史与小说"来命名，主要是基于《生死秦始皇》的撰著缘起和书中阐述的一项重要认识。

　　研究秦始皇或是秦朝历史的主要史料，当然是司马迁的《史记》，这部书也是后来中国历代正史之祖。可我动笔撰写《生死秦始皇》，却不是因多年阅读《太史公书》有所积累，自然而然形成的结果，完全是因偶然阅读近年新出土的西汉竹书

《赵正书》，促动我产生了撰著此书的愿望。

《赵正书》篇幅有限，顶多相当于《史记》的一篇。这篇新发现的西汉竹书，述及秦始皇去世之际和去世之后秦朝历史的一些重大问题，其中最重要的是二世皇帝胡亥的即位缘由。《赵正书》载述的这些秦朝史事，同《史记》的记载大不相同，甚至截然相反。

很长一段时间以来，竞相利用新史料来颠覆旧史书的记载，在学术界蔚为风气，而从表面上看，像《赵正书》这样涉及如此重大的历史问题却与传世史籍判然有别的新史料，自然会激起学者们更为强烈的关注。

稍微熟悉敝人学术主张的读者都知道，我是一向主张要以传世基本典籍为根基来研治史事的。这样想，这样做，是基于这些传世基本典籍在各项史料当中的骨干地位，这其中也包括形形色色的所谓"新史料"。对于我来说，这是一种全面衡量之后的客观认识，是客观存在的历史实际使之然也。

对这篇新出土的《赵正书》也是这样，关键不在它是新还是旧。不管是众所烂熟的老古书，还是古墓老屋中的新发现，首先要清楚了解它的属性。这是因为不同性质的著述，会有不同的史料价值。前辈学者讲究做古代文史研究需要先以史料目录之学作为入室的门径，其中一项最基本的功夫，就是尽量充分掌握林林总总各类不同史料的属性。窃以为治史者要是能够先对这一点心中有数，或许就不会对"新发现"的"新史料"表现出过分的惊喜，而是是什么材料就让它发挥什么样的作用。

自　序

　　是学者，学术本来就是要心平气和地做。甭管市面上那些"搞个大新闻"的小报记者式喧嚣，放平心态，仔细分析这篇新出土文献的内容，我最后得出一个清清楚楚的认识：《赵正书》是一部西汉时期的"小说"，而不是纪实性的史学著述。尽管这一时期所说的"小说"与当代并不完全相同，它应该更接近"寓言"，但它的性质毕竟同《史记》这样的正史是天差地别的。

　　以这样的认识为出发点来写《生死秦始皇》，以这样的认识为基础来看《赵正书》所引发的各项历史问题，再按照以往习惯的研究方式，深入考辨《史记》中各项相关的记载，使我得出一系列对秦始皇和秦朝历史的新看法。

　　看了上述说明，再对比一下拙著《制造汉武帝》的论证过程，大家应该很容易明白：这样的研究方式，也可以说是敝人从事史学研究一贯的套路。

　　不过，学问一个人一个做法。我的这一套做法，别的学者未必认同；我的观点，很多读者也不能接受。我的认识当然一定会有很多不完善的地方，甚至会存在谬误，但正由于论述的出发点不同，论证的路径也不同，具体聚焦观察的点更有很多不同，我才得出很多不同于学术界既有认识的新看法。其他的学者或读者若是习惯成自然，根本不愿意做出新的思考，或者根本无法理解那些与其不同的思辨和考索，也就没有任何道理可讲了。

2020 年 4 月 5 日记

生死之际的谜案

——重论秦始皇和他的大秦帝国

　　我的小书《生死秦始皇》刚刚印出，和读者见面了。在这里，我想向大家介绍一下这本新书，简单谈谈这本小书的主要内容和特色，以及我为什么会写这本书等大家关心的问题，供各位朋友参考。

　　秦始皇统一中国，建立大秦帝国，使自己成为开天辟地以来的第一位皇帝，这是中国历史上十分重大的事件，决定了后来两千多年中国社会的基本形态。所以，关于秦始皇和他建立的大秦帝国，一直受到人们广泛而强烈的关注，各位朋友一定希望能够更多更深入地了解其真实面貌。

　　虽然《生死秦始皇》只是一本很小的小书，可篇幅也有三百多页，涉及秦始皇和秦朝历史上很多重要的问题。对这些问题，我都提出了不同于当前学术界主流观点的新看法。可以说，从头到尾，都是全新的研究、全新的认识。

　　这么多内容，是无法一下子讲给大家的，我想分设下面三个小题目，让大家直观地了解一下它是怎样一部书。这三个小题目是：

> 一、秦始皇的临终嘱咐是什么？
> 二、小说怎么能够颠覆正史？
> 三、谁说赵高不是宦官？

这三个小题目，也可以说是三个"谜案"，既是大家普遍关心的"大问题"，也是能够很好地体现历史学家研究方法的"好问题"，大家一定会很有兴趣一探究竟。下面我就来逐一讲述这三个题目。

我先从第一个小题目"秦始皇的临终嘱咐是什么"谈起。

一 秦始皇的临终嘱咐是什么？

秦始皇的死去，在当时，应该说是一件大快天下人心的特大好事。这个暴君要是真像他自己期望的那样长生不死，中国人真的就连一天稍微舒心的日子也过不了了。秦始皇的降生，是中国历史上的一件大事儿；他的离去，也是一件影响天下的大事情。

首先，秦始皇到底是怎样死去的？关于这个问题，前人一向没有具体的探讨，很多年前，我在研究越王勾践徙都琅邪的原因时，附带做过论述。那篇文章收录在中华书局为我出版的文集《旧史舆地文录》里面，最近中华书局正安排重印此书，

秦东郡虎符
（据清华大学艺术博物馆、陕西历史博物馆编著《与天久长：周秦汉唐文化与艺术》）

不久大家就可以买到了。在这篇文章中，我依据《史记》的确
切记载，论证指出，在今天的陕西关中长大的秦始皇，是坐
海船被海浪颠簸致死的。再往前追，为什么有舒舒服服的皇宫
不老实待着而非要往死里走？这也是"时也，世也"，没法子
的事儿——因为怕死，他才不得不出去走走。去年 10 月，我
写了一篇《秦始皇的生死南巡》的稿子，讲述了这件事的缘
起。各位朋友若是参照看一下，就能够更好地了解秦始皇之死
这一问题的由来，知道这不仅是一个有生就会有死的事儿那么
简单。

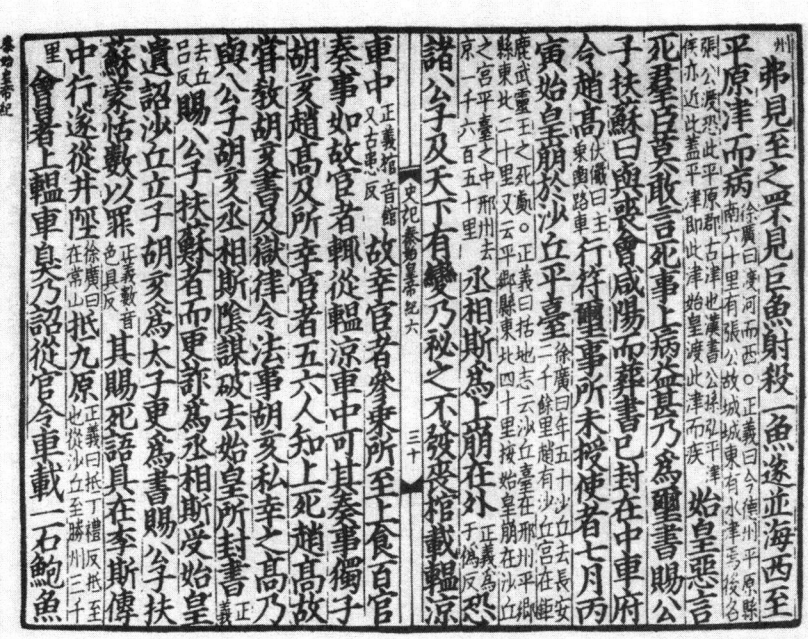

百衲本《二十四史》影印南宋建安黄善夫书坊刻三家注本《史记》

　　不管怎样，秦始皇这个中华大地上的千古第一暴君，在从会稽也就是今天的浙江绍兴，北返咸阳的路上，在顺着今苏北海岸向北航行到今山东半岛烟台附近之后，登陆上岸，直朝着日落的方向，向西横行。当他渡过黄河以后，随从的大臣就看出他快不行了，可是谁都不敢说；当然，说不定有不少人心里还暗暗高兴。当他强撑着身子到了一个叫作沙丘的地方时，大限终于降临，再也横行不下去了。

　　皇帝这个职位本来就没有退休一说。谁坐上这把龙椅，能坐多久，就取决于其寿命的长短了，并没有什么法律的规定。现在，多少年来，一直想要长生久视、永享尊荣的秦始皇，和他治下的普通小民一样，也清楚地体验到魂魄飘荡的感觉——这也就是一个人即将离开尘世之前的精神状态。

　　按照《史记》的记载，秦始皇给大儿子扶苏写了封信，让扶苏从他监军的北边上郡，返回都城咸阳，参加自己的葬礼。

　　秦始皇的性命，当时已经进入垂危状态，飘飘荡荡的魂魄，让他的脑子变得已经不是十分清楚。不然的话，在这一关涉大秦帝国万世江山何以为继的重大时刻，他既然明知性命已经不保，理应对至关紧要的"后事"，也就是谁来继承帝位这件天下第一大事，做出明确的安排。可是，秦始皇并没有这样做，只是让扶苏回京参加葬礼。

　　扶苏是长子，不用说作为天子的皇帝，就是被秦始皇很看不起的那些"黔首"，也就是灰头土脸的老百姓，老子死了，大儿子也理应是操持后事的主事人。单纯就这一点而言，秦始皇写下这封信，是再正常不过的事儿了。

但麻烦的是，在这之前，秦始皇不仅没有立过太子，还制造了二十多个男性后代。而荒蛮粗鄙的秦国，当时并没有什么长子继承制，这就意味着哪一个皇子都可能成为新皇帝而又都没有确定的机会。正是这种局面，让死心塌地效命秦始皇的恶棍李斯，在秦始皇咽气后感觉很是忧虑。《史记·李斯列传》记载："李斯以为上在外崩，无真太子，故秘之"，也就是因为朝中没有真太子，这二十几条汉子要是为帝位争斗起来，事儿就麻烦了，所以身为丞相的他，决定秘不发丧，严密封锁秦始皇死讯的外泄。结果在随行人员中，只有秦始皇的小儿子胡亥、丞相李斯以及赵高等五六个近身的宦官才知道实情。

按照《史记》的记载，我们看到，赵高、胡亥和李斯串通起来，毁掉这封秦始皇临终前最后写给扶苏的信件，谎称秦始皇诏命李斯，立胡亥为太子，并另行伪造了一封秦始皇给扶苏的信，命其"自裁"性命，也就是自我了断。对这件事，后世史学家一般将其称作"胡亥诈立"。

这就是司马迁在《史记》一书当中为我们提供的秦帝传承实况。这一情况，在很大程度上也直接影响到大秦帝国接下来的走向，所谓"二世而亡"，与此具有极大关系。

我们过去所了解的秦朝历史，一向如此，没有人对这一史事提出过任何异议；说实话，人们也没有任何理由对此提出异议。

已经发生的历史，不管是你觉得好，还是觉得坏，它就像化石一样固化在岁月的地层里。可是，后人研究历史的条件，却可能会发生很大的变化，所以我们才会听到陈寅恪先生讲出那句被很多人奉为金科玉律的治学名言，即"一时代之学术，必有其新材料与新问题。取用此材料，以研求问题，则为此时代学术之新潮流。治学之士，得预于此潮流者，谓之预流。其未得预者，谓之未入流。此古今学术史之通义，非彼闭门造车之徒，所能同喻者也"。大师这话讲得太高雅，普通人乍一听不大容易弄明白他讲的意思。按照我的理解，用大白话来讲，就是学术的发展，靠的是用新方法来研究新材料；换句话来说，只有采用了新材料和新方法，才能推进或是根本改变既有的认识。

随着地下出土文献的不断涌现，信从乃至崇尚这话的人越来越多，现在已经可以用普遍笃信不疑来描述，即有越来越多的学者醉心于依赖新材料来颠覆既有的认识。学术圈儿的空气里，弥漫着的都是这样的气息。

就在这种情况下，一项与秦始皇的生死密切相关的出土文献出现了——这就是北京大学近年入藏的西汉竹书《赵正书》。

《赵正书》这篇写在竹简上的著述，篇幅并不是很长，但是却着重记述了秦始皇临终之前对后事的安排。这一安排，同上面提到的《史记》的记载，天差地别：秦二世胡亥并不是伙同赵高、李斯密谋而"诈立"，而是遵奉他父亲秦始皇的遗嘱顺理成章登上帝位的。

这真是一个中国古代历史研究中的惊天大新闻！一时间，

万众瞩目，议论纷纷：《史记》或是《赵正书》，我们到底应该信哪一个？历史到底有没有真相可以探求？

下面，我们进入第二个小题目"小说怎么能够颠覆正史"，来给大家解答这个问题。

二　小说怎么能够颠覆正史？

对陈寅恪先生"预流"说膜拜不已的中国学术界以及喜新好奇的社会公众，面对《赵正书》提供的秦史研究新史料，当然是一派欢呼雀跃。

激动者，当然是想用这篇《赵正书》来颠覆《史记》等传世基本文献所载录的史事；稍显谨慎者，也只是说这两种著述所记述的不同史实分别出自两种不同的"历史记忆"。

按照前一派人物的看法，既有的历史认知，当然是被彻底颠覆了；若是依从后一派学者的态度，既有的历史认知虽然没有被颠覆，看起来似乎还保留了某种相对的合理性，但这只是一种主观设定的"记忆"，实际上根本否定了对客观事实的认知，比前一派看法，颠覆的更多、更具有根本性意义。总之，不管怎么看，都是拿《赵正书》来颠覆《史记》中相关的记载。

这样的认识，其更加严重的影响是，由于秦始皇之死以及秦二世的继位，都是中国历史上的大事儿，而且距离司马迁写《史记》的时间不是很远，因此，若是司马迁的记述不符

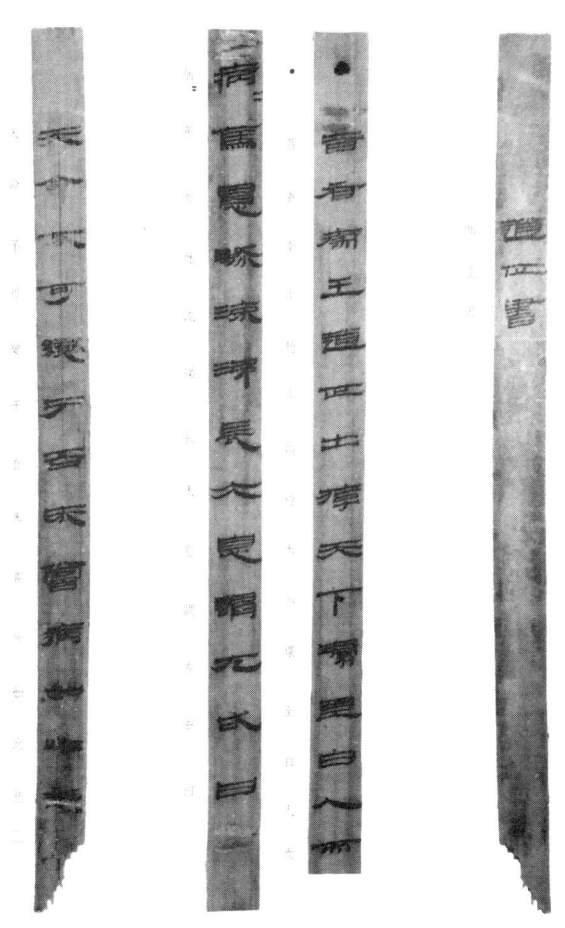

北京大学藏西汉竹书《赵正书》

合历史实际，那么，整部《史记》中的其他记载，也都大可怀疑了。这样一来，这篇短短的竹书《赵正书》所颠覆的就不仅仅是秦始皇的临终嘱咐究竟是什么以及秦二世是如何继位的这些个别纪事了，而是太史公司马迁究竟在《史记》这部著作中写了些什么东西，也就是说《史记》到底是不是一部可靠的信史这样的大问题了——假如《史记》这部通史这么不靠谱，那么，要想认识汉代中期以前的历史，我们岂不失去了所有系统的史料而一无所依？这事儿，哪怕只是一闪而过地随便想一想，都会让喜爱中国古代历史的人们眼前发黑，脑子发蒙。

幸好，实际的情况，并没有这样悲惨；至少在我看来，相比较而言，愚公撼山或许会更容易一些，可谁要想撼动《史记》的信史地位，实在是难乎其难。

《史记》这种体裁的史书，现在又称纪传体史书。这种体裁的史书，一定都有皇帝的本纪和重要人物的列传，而开创这种体裁的书籍，就是司马迁的《史记》。后来人们所说的"正史"，都是这种体裁。所谓"正史"之"正"，就其纪事的性质而言，就是文体严谨庄重，纪事信而有征，这一点也是由《史记》首开其端，如班固在《汉书·司马迁传》中对《史记》纪事信实性所评价的那样："其文直，其事核，不虚美，不隐恶，故谓之实录。"所谓"实录"，也就是真实的记录。

司马迁能够做到这一点，固然与其诚实正直的个人品质有关；更重要的，还与他史官世家的身世具有直接关系。在他之前，与他同样身为职业史官而在历史上留下鼎鼎大名的人物，还有晋国的太史董狐、齐国太史兄弟三人和齐国的南史氏，他们都以不畏强权秉笔直书而名垂青史。直到司马迁时期为止，在他们这些职业史官的身上，都有一种不大被人注意的职业特征，这就是他们具有一种介于天、人之间的社会地位，或者说具有沟通天—人的神职功能，这种身份决定了他们需要对上天予以充分的敬畏，并且这种敬畏的程度，是要大大高于对人世君主的敬畏。若是违逆事实，曲笔书事，必定要遭受天谴神责，而这种惩罚的严酷程度，是甚于世间一切暴虐君主的惩罚——明白了这一点，我们对《史记》纪事的信实性就不必多加怀疑了。

那么，刚刚从地底下挖出来的《赵正书》呢？这篇东西表面上看起来煞有介事，什么秦始皇、胡亥、李斯、蒙恬、赵高的，记述了一大堆有名有姓的秦朝真人，以及他们做的事儿、他们讲的话——好像真的是在载述大秦帝国的重大政治事件。

然而，在仔细对比西汉时期的各种文献之后，我发现或者说我认定，《赵正书》并不是历史著述，而是一种"小说"。不过这种"小说"不仅同现代意义上的小说不同，而且同隋唐两朝人讲的"小说"也有很大不同。由于西汉时期的"小说"到隋唐时期已经全部失传，所以后世研究小说史的学者，如日本学者盐谷温和中国学者鲁迅、袁行霈等，都是由隋唐时期的小说推论西汉以前的情况，所说恐怕都似是而非。

像这样认定《赵正书》本来的属性，也可以说是一项具有较大意义的新发现——这不仅让我们认识到当时的小说只是借事儿"说事儿",或者说是借事儿说理儿,而并不在意纪事的准确性,这就从根本上排除了用它来颠覆正史《史记》的可能性。与此同时,这样的认识,同时还可以为中国小说史研究提供很大的帮助。这是因为《赵正书》是今天我们能够见到的唯一一部接近完整的西汉小说(西汉以前的小说更看不到),其价值之高,大家闭上眼睛一想就能明白。

下面,我们再进入第三个小题目"谁说赵高不是宦官",通过一个很好玩儿的事例,来向大家说明我在这本小书中所做的研究。

三 谁说赵高不是宦官?

与"正史"《史记》相比,《赵正书》这种"小说",在记史叙事上虽然不值一提,但它毕竟撰述于西汉中期以前,当时离秦朝的灭亡不久,不管是文字记述,还是口耳相传,社会上流传着很多关于"前秦"一朝的旧事,正是这些人所共知的"故事",可供"小说"的作者采撷,用作"说理儿"的"旧事儿"。尽管这种"小说"的作者并不在意事项本身的准确性,所做叙事,往往随其所需,随意随兴,可以有很大夸张、扭曲和变形的空间,但也没有必要事事处处都去煞费苦心瞎编,因而还是会在无意之间透露出很多真实的"细节"。

结合其他确实可信的历史记载,这些看似无关紧要的"细节",仍然可以为我们研究历史、认识历史提供重要的帮助;

至少有助于启发我们的思索，由此出发，去探寻历史的真相。

在这部西汉竹书《赵正书》的叙事中，二世皇帝的宠臣赵高是一个核心人物。当然，在大秦帝国朝向亡国的终点撒欢狂奔的路上，赵高本来就是一个起着决定性作用的策动者和领跑者。

关于赵高的身份，传世史籍中本来有清清楚楚的记载，自古以来，也都众口一词，认定他是一位权倾朝野的大宦官。

可是，晚近以来中国大陆的学术界，更准确地说应该是整个国际学术界，偏恃所谓出土文献的"预流"说日益昌盛，动辄就要颠覆既有的认识，起码也要靠新材料来"改写"些什么。于是，颇有那么一些人，把"历史书写"的刀笔也用到了赵高的身上。

具体的情况是，《史记》记载赵高出生于"隐宫"，而这个"隐宫"是个什么样的处所，司马迁语焉不详，后世学者也从未做出清楚的解说。在这样的学术背景下，在上世纪70年代发现的云梦睡虎地秦简中，有两条秦法律文书提到了一个特别的机构，叫作"隐官"。

由于想用此等"出土文献"来"改写"历史的欲望过于强烈，于是有人一看这词儿长得同"隐宫"比较接近，于是便认为今本《史记》的"隐宫"应是这个"隐官"的讹误；再根据这个"隐官"的含义与宦官无关，从而认定赵高的身子很全乎，从来没缺少过什么。

这一派人也不是完全不看《史记》，更不是对《史记》的记载啥都不信。《史记》记载赵高有个管他叫爹的闺女，这一点，他们就很是相信。各位朋友都明白，除了像秦始皇母亲的情夫嫪毐这种冒牌货之外，宦官是不应该有生殖能力的。

如果说《赵正书》的发现，对我们合理认识这一问题有什么帮助的话，那就是《赵正书》中叙述说，在胡亥即位成为二世皇帝之后，发布诏令，"免隶臣（赵）高以为郎中令"，就是解除赵高的"隶臣"身份，让他出任"郎中令"这个官职。这里提到的"隶臣"一词，透露出赵高的身份信息。

"隶臣"，本来指的是一种刑徒，在云梦睡虎地秦简中也有很多实际的例证可以证明这一点。根据《史记·李斯列传》的记载，赵高在升任郎中令之前，曾担任"中车府令"，即本来身为宦官，不是什么受刑的罪囚。因而，《赵正书》中赵高身为"隶臣"一说，若是基于秦朝的历史事实，那么，它应当另有所指，即很可能是指赵高的宦官身份，低贱犹如"隶臣"。

这一情况提示我们有必要重新审视赵高的身份，而审视的途径，还是老老实实地检读《史记》当中相关的记载。

其实，只要不带有轻视乃至蔑视《史记》这样的正史的偏见，不是那么急迫地非要"预流"于当世"显学"之中不可，而是真的像个傻乎乎的读书人那样，安安静静地读书，平心静气地分析史事，这个问题本来十分简单，一点儿也不复杂。

刚才我提到赵高曾经身为"中车府令"，其实这正是秦始皇去世时他所担任的官职。根据《史记·李斯列传》记载，在诛杀李斯之后，秦二世"拜赵高为中丞相，事无大小辄决于高"，《史记·秦始皇本纪》是把这个"中丞相"径行写作"丞相"，显示出所谓"中丞相"也就是"丞相"的另一种写法。那么，为什么赵高这个"丞相"会比别人多个"中"字呢？他原来担任的那个"中车府令"又是个什么官儿呢？

明朝人谢肇淛在《五杂俎》中曾对此做出解释说："宦官之尊贵者，赵高为中丞相，龚澄枢为内太师，然曰'中'曰'内'，犹所以别于廷臣也。"（《五杂俎》卷一五）翻译成大白话，就是加个"中"字，说明这个人本来是奉职于内廷宫中的宦官。当时，就像宫女可以被称作"中人"一样，宦官也可以被称作"中人"。可见这个"中"，就是"宫中"的意思。

正因为赵高是个宦者，所以他才得以一直近密亲侍于秦始皇身边。当秦始皇三十七年病逝之际，在除了丞相李斯和公子胡亥之外"群臣皆莫知"的情况下，他才能与侍奉在秦始皇身边的五六个宦官知悉此等天下第一号秘事。

由此不难看出，担任"中车府令"和"中丞相"的赵高，必属宦官无疑。只要好好读过一点儿《史记》，并且不那么急赤白脸地竞相"预流"，这本来并不是什么疑难的问题，甚至根本就不是个问题。

至于赵高生过一个女儿，只要读过《史记》《汉书》就会明白，这更不能成为其宦官身份的障碍。众所周知，司马迁受腐刑后任中书令，由士人变成了一个大宦官，而他就有女儿；汉武帝赵婕妤即所谓赵飞燕的爸爸，也就是汉昭帝的姥爷，遭受宫刑后成了"中黄门"，这当然也是个宦官；还有汉宣帝许皇后的父亲，也就是汉元帝的姥爷，因为拿错了别人的马鞍子，被当作盗贼惩治下蚕室，任职"宦者丞"，这同样也是个宦官。秦汉时像这样先有孩子后成宦官的人多了，是很平常的事儿，凭什么说赵高这个宦官就不能先造出个女儿再下蚕室？

我对《生死秦始皇》的介绍，就说到这里。《生死秦始皇》一书所涉及的内容很多，都是秦始皇和秦朝历史上的大问题，都是这样一些大家很关心的基本问题，我对这些问题，都努力尝试提出了自己的看法，其间也涉及一些基本的研究态度和研究方法。欢迎感兴趣的朋友，阅读拙作，也欢迎大家对我的看法，提出批评。

【附案】本文系为拙作《生死秦始皇》导读音频撰写的文字稿。

正眼看正史

　　——我这样写《生死秦始皇》

　　我的新书《生死秦始皇》，就要同大家见面了。在这里，我想和大家谈谈这本小书的写作缘起，谈谈我怎么会想到写这个题目，具体怎样撰写这个题目，怎样展开我的论述。这包括如何读历史，怎样在读书的过程中发现问题、提出问题，再怎样解决问题、阐释问题，以及由秦始皇和秦朝历史的具体研究中进一步拓展开来，谈谈中国古代历史研究中的一般性方法论问题，以便大家更好地理解《生死秦始皇》这本小书，同时也更好地认识研究中国古代历史问题的路径和方法。

　　下面，我就从三个方面来谈谈这些问题。

一　为什么要写《生死秦始皇》

　　历史学是一门人文学科，而从事人文学科的研究，从问题的选择到研究问题的方法和途径，往往因人而异，有强烈的个性化色彩。所以，每个学者具体研究些什么问题以及怎样选择所研究的问题，也会各有各的门道。正因为写什么不写什么并不是有一项必然的结果，而是因人而异，随时而变，甚至随兴而定，所以我就更有必要在这里先向各位朋友讲一讲为什么要写这本《生死秦始皇》了。

秦始皇这位"千古一帝"，不管你是痛恨他唾弃他，还是爱戴他膜拜他，他终究是一位对中国及周边地区的历史产生重大影响的大人物，只要谈到中国古代的历史，谁也不能对他视而不见。因此，专门研究秦始皇以及秦朝历史的著述，中外各国的已有很多。那么，在这种情况下，我为什么还要写这本《生死秦始皇》？

触动我产生这一想法的直接原因，听起来似乎很搞笑，但我必须实话实说，做不得假——这是因为所谓"气候变暖"。"气候变暖"，天热得受不了，看不下去书，便在 2018 年 7 月初的某一天，去北大附近的海淀中国书店闲逛，在那里看到了《北京大学藏西汉竹书（叁）》这本书，便随手买了一部，这里面就包含有述及很多秦始皇生前死后史事的《赵正书》。

《赵正书》是北京大学近年入藏的一篇西汉竹书，也就是写在竹简上的著述。这篇著述，记述了秦始皇病死在他生前最后一次出巡归途路上的故事，也记述了秦始皇去世之后，赵高、李斯和秦二世皇帝等人之间的一些对话和行为。《赵正书》里提到的这些事儿，这些历史人物的对话，同《史记》等基本传世史籍过去提供给我们的情况，有明显差别，甚至可以说在一些重大的基本史事上是天差地别的。

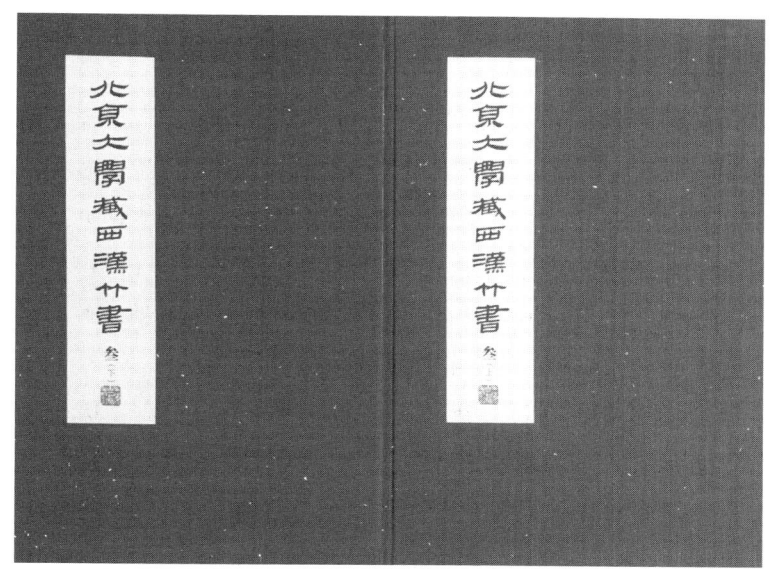

北京大学整理出版的西汉竹书《赵正书》

　　这篇竹书，据说是流传海外又回归中国的，是近年在地下墓坑里挖出的"出土文献"，其具体的出土地点虽然已无从探明，但它是地地道道的出土文献，这一点却是毫无疑义的。

　　因为新，因为前所未见，又是出土文献，所以就引人注目，不管是专业的学者，还是那些想要了解历史、认识历史的社会公众，从来都是如此。很多年来，中国学术界对出土文献学术价值的大力宣扬，更加助长了这样的倾向。

　　于是，我们看到了种种颠覆既有认识的新说法：秦二世并不是他与赵高、李斯合谋自行"诈立"的，而是按照秦始皇的临终安排登基称帝的，可谓"奉天承运"，合情合法，一切都那么自然。

这已经不像是普通的历史认识问题了，更像是一个惊天动地的大新闻！所谓"出土文献"，虽然"自古以来"就屡有发现，但是，载录史事也就是纪事的文字，却一向相当稀见。至于像《赵正书》这样直接述及历史主干上重大关节的新发现，更可谓横空出世，绝无仅有。知道了这样的学术背景，大家就更容易理解人们对它的空前关注了。

像这样令人耳目一新的秦始皇父子的行事，对于历史研究，固然意义重大，但《赵正书》的影响，远远不止于此。其实，更大的颠覆是它彻底颠覆了司马迁《史记》的信史性质。大家想想看，司马迁生活的时代，距离秦朝灭亡不过百年上下，要是连秦二世如何继位这么大的事儿，《史记》里面写的都是与事实完全悖戾的假话，那么，这部中国有史以来的第一部通史，也是作为后来历代"正史"之祖的第一部纪传体史书，到底还能剩下多少可信的内容呢？

当然，一些比较审慎的学者，并没有简单、直接地表示对《赵正书》纪事的肯定，也没有正面陈述对《史记》记载的否定。他们按照时下某种"国际流行"的观念，以为无所谓是非，无所谓正误，不管是哪一种著述载录的史事，都不过是一种"历史书写"而已，即按照自己的现实政治目的或是价值需求，写下作者希望看到的历史样貌。这样一来，也就什么都是"浮云"，是作者脑中虚无缥缈的幻象，是读者眼前似是而非的蜃景。

所以，这就已经不是一个孤立的历史"个案"了，不再仅仅是秦始皇以及与其直接相关的那些秦朝历史的问题，而就像"牵一发而动全身"那句成语所讲的，是涉及中国古代历史研究的总体基础是否可靠以及我们在这一基础上得出的既有认识是否可信的问题，事情的严重性和它的普遍性价值，已经不可小觑。除了学术圈儿里面的专业人员之外，社会各界也对这些问题给予了很大关心。因而，从事相关问题研究的学者，有必要，也有责任和义务对相关问题做出更加深入的探索，提供更为切实，也更为妥帖的答案。

对这些问题，虽然我在看到相关论述时就一直在思索，但并没有想到要做专门的论述。这是因为：第一，我不是秦朝历史研究的专家，也不是中国古代政治史研究的专家，我的"本职工作"、我系统接受教育和训练的专业，是中国历史地理学，学的是一门只看地、不问人的专业，因而不是阐释这一问题的合适人选；第二，由于自己不是这方面的专家，也就一直没有着急去买出版了的《赵正书》来看，不了解这一著述的详细情况，也就无法得出具体的看法。

现在，因为天热，买下了这篇《赵正书》，本来只是为随便翻翻，看看新奇消消暑，结果，稍一翻看，就觉得鉴于学术界的研究状况，对于很多问题，自己需要写，也可以写。于是，就从去年（2018年）7月中旬开始，前后持续近八个月时间，陆续写下了五篇研读《赵正书》的文稿。由于这些文稿都论及秦始皇生死之际的一些重大问题以及他所创立的大秦帝国，因此交给出版社出版时就用了"生死秦始皇"这样一个书名。一句话，偶然赶上了，就顺手写出来了。

二　何以能写出这部《生死秦始皇》

或许有人会觉得我这部书写得很随意，并没有什么深入的探究和思考。这么想当然是很自然的。因为从表面上看，似乎我既非专家，又没有对这一题目的学术积累，骤然之间，在几个月内，怎么能写出具有独特见解的著述？莫不是胡乱攒抄些东西来蹭热点？

然而，学术是所谓"专家"之学，只是现代学术带给大家的一个不太确切、不够全面的印象，至少对于中国古代文史研究来说，这从来都不是一个完全的景象。随着学术研究的拓展和深入，学术研究的专门化虽然是必然而且合理的发展趋向，但具体专业的划分或者说是分化，这本身就有很强烈的人为色彩，在很大程度上只是人们出于研究的便利所做的权宜性处置。历史上发生过的那些事情，其自身更深刻的内在联系，并不因学科和专业的划分而中断。这就意味着不管学者主要从事哪一门学科、哪一类问题的研究，只要能够潜下心来往深里想，往细处想，往那些关键的症结上想，有时，思辨的逻辑自然而然就会把你带到一个未曾预想的崭新天地。

很多年以来，我做的一些在别人看起来似乎是"跨界"的研究，大部分都属于这种自然而然的延展。

譬如，我逸出历史地理问题之外，研究西汉、新莽时期的年号问题，揭示一些特殊年号背后所蕴含的重大政治史意义。其中对汉武帝年号纪年制度启始时间的探讨，是因为在研究一个很基本的历史地理问题，也就是两汉州制的时候，遇到一件带有"惟汉三年，大并天下"铭文的瓦当，挡在了我的面前，不考辨明白这"三年"指的是什么意思，就不能很好地理解汉武帝有计划、成系统的对外侵略和领土扩张行为。同样，我研究新莽时期的年号问题，也是缘于在研究秦始皇三十六郡问题时，遇到一块所谓"天凤三年鄣郡都尉砖"，不对这通铭文做出清晰的解析，就无法透彻地阐释我对秦郡的看法。尽管相关资料从宋朝起就很充分，可是相关"专家"非但没能做出合理的解释，反而代代相承，治丝益棼，把历史的真相弄得越来越糊涂。

在这种情况下，我不自己动手去考辨，又能怎么办？这真像孟子所说的那样——"予岂好辩哉？予不得已也！"问题就像一道山梁横亘在你的面前，不翻过这道梁去，就看不到那一边的风景。想不想做这些研究也都得做，能不能做这些研究也都要硬着头皮去做。

当然，这不是需要做什么问题就什么问题都可以做的，也不是谁想做就都能做到的。这需要研究者了解与之相关的基本史事，还要了解那些认知相关史事必须掌握的基本文献学知识。

在中国古代历史知识方面，从读硕士研究生时开始，我关注的时段，主要是在秦汉至隋唐这一时期。1992 年转到北京工作以后，更集中研究过一段秦末汉初的军事地理问题，后来再集中研究秦汉政区与边界地理问题。在这样的研究过程中，我对《史记》等载录秦朝历史的基本文献有了比较多，也比较具体的了解，在遇到其他秦朝历史问题的时候，就能够比较容易地切入进去。

其实，研究秦朝历史的传世文献主要就是《史记》。除了《史记》之外，其他的零星史料并不很多。在这种情况下，要想就《史记》记载的基本问题提出新的不同于以往的看法，并不是一件想做就能轻易做到的事儿；更不用说就所谓"出土文献"提供的崭新"证据"来判明是非正误以提出新的见解了——这需要研究者具有相应的史料考证分析能力。

对史料进行考证分析，是从事历史研究的一项重要基本功。理想的基础训练，应当包括比较宽阔的史料视野和细密谨严的思辨能力。要想达到这一理想状态，并没有什么高招秘诀。走这条路的门道很简单：一是一入门就要有立足于史料分析来治学的意识，并且坚定不移，恪守终生；二是日积月累，肯花苦功夫干笨活，一点一滴地在研究的实践中拓展自己的知识，在研究的过程中提高自己的能力。用简单的一句话来说，就是功到自然成。

在这一方面，我虽然不敢说自己有多高的能力，更谈不上有多么深厚的功夫，但当年从读硕士研究生时起，就在业师黄

在西安读书期间接受永年师指教

永年先生的悉心指导下，打下了一个比较好的入门基础，也可以说是由此走上了一条"正道"。在我有限的学术经历中，业师黄永年先生的古籍版本目录学素养，在并世学者中是无人可出其右的。这样，在很大程度上，我在这方面也就有幸具备了可以说是"得天独厚"的问学条件，能够不走弯路，一进门就踏上了正途。

多少年来，不管是做我的老本行历史地理学研究，做我的业余爱好版本目录学研究，还是做其他任何历史问题的研究，譬如写政治史领域的题目《海昏侯刘贺》，写政治史和文化史领域的题目《制造汉武帝》《发现燕然山铭》，所依赖的基本研究方法，就是史料的考辨分析，这就是傅斯年先生当年在《史学方法导论》中讲过的那句话：史学便是史料学，而整理史料的方法，第一是比较不同的史料，第二是比较不同的史料，第三还是比较不同的史料。此前我做过的这类史料考辨分析与《生死秦始皇》关系最为密切的工作，是 2017 年年底在广西师范大学出版社出版的《史记新本校勘》一书。在这部书中，就有很多考辨秦代史事的内容。

就是这些基本的历史学研究基础训练和我一贯遵循的研究方法，再加上旧日的研究基础，使我敢于在短时间内切入一个看起来似乎很陌生的领域，尝试着写出了《生死秦始皇》的书稿。

三　怎样来写这部《生死秦始皇》

前面我谈到，在史料学训练方面，具备比较宽阔的史料视野，也就是多读古书，多了解古书，这是一项基本的素养，也是需要花费较大精力才能够获取的基本技能。不过，在实际运用这些史料时，分清各项史料的主次关系，乃是一个首先需要好好把握的事宜，傅斯年先生所说"比较不同的史料"，即蕴含有这一重旨意。

对这一问题，不同的学者，认识往往会有很大出入。其实，我在前面第一节讲到的时下一些人想用《赵正书》来颠覆《史记》纪事的想法，其出发点就是基于对这一问题的认识，即若是崇信所谓出土文献至高无上的价值，自然就会否定《史记》纪事的信实性。

这个问题看起来非常复杂，似乎很难一概而论，可也并不是没有一般性的原则。在这方面，业师黄永年先生传授给我的治史准则，是以传世基本典籍，尤其是以历代正史为主干，而绝大多数出土文献通常只能起到拾遗补阙的辅助作用。

我研究《赵正书》，写《生死秦始皇》，在史料学方面，基本的出发点，便是恪守师训，坚持以传世基本典籍，特别是以《史记》和《汉书》这些正史作为基本依据，而绝不会反其道而行之，把出土文献作为论述史事的根基，更不会脱离传世基本文献来佞信出土文献。

其实，这已经不是什么技术性的方法论问题，不是一般的目录学知识问题，而是对待这一问题的根本立场。正是因为站在这一根本立场上，我才能够在这本《生死秦始皇》中提出诸多不同于时下通行观点的新看法。

不过如刚才所谈到的，从技术角度来看待具体史料的主从关系或者说是主次地位，确实往往都很复杂。因而，我们在实际研究工作中，并不能简单粗暴地直接拿起这一头，打掉另一头，而是需要做出具体的论证，提出切实可信的依据。

在《生死秦始皇》中，我着力做出的一项重要的基础性探索，便是花费很多笔墨，比较详细地对比论证了《史记》的信实性和《赵正书》的虚妄性。这是一个自从《赵正书》发现以来，一直没有人做过清楚阐释的基本问题。从更广阔的视角来看待这一问题，这也可以说是一个最最基本的史料学问题，历史学研究成果中所有看起来富丽堂皇的高楼大厦，下边的地基，都是这样的东西。

过去邓广铭先生谈论治史的基础工具性知识，曾以"四把钥匙"来形容其中最为重要的四个领域：版本目录学、年代学、职官制度和历史地理学。如果一定要在这四门知识中区分重要性大小或者说问学的先后伦次的话，那么，在我看来，版本目录学知识，或者更加具体地说，是这门知识构成中的史料目录内容，无疑应占有最重要的地位，或是应当将其置于最优先的地位，而史料目录知识对于历史研究最核心的价值，便是面对各种不同来源的史料，科学、准确地辨明其价值大小。

　　了解这一点，大家也就能够比较容易地理解，我通过《赵正书》切入秦始皇以及秦朝历史中与之相关的一些重大问题，总的来说，是在以《史记》等基本传世文献为基础、为依据的前提下，对比《赵正书》中与之不同或是相同的内容，并在这种对比分析中发现问题、提出问题，再回到传世基本文献所载录的史事当中，为这些问题寻求答案。这样得出的结论，当然会与那些偏恃出土文献、佞信出土文献的学者有很大不同。所以，重视史料目录学基础，牢牢站在这一基础上展开论述，可以说是《生死秦始皇》的一项重要特色。

　　我写这本《生死秦始皇》特别重视史料目录学基础的另一重表现，是书中对很多关键性问题的论述，往往都紧扣着对文献记载中相关字句的考证。

　　例如，通过对"偶语《诗》《书》者弃市"这句话中"偶语"二字语义的考证，认定其本义不过是"寓言"的原始写法而已，亦即借事儿说事儿，讥讽当局。从而对秦始皇对待儒生和儒学的态度得出了全新的认识，也借此更好地认定了《赵正书》就是一种借事儿说事儿的"寓言"，这实际上也就是战国秦汉时期所说的"小说"。它的性质，同司马迁的《史记》是有天壤之别的。

类似的研究方式，可以说贯穿全书，几乎每一部分都是以这样的考据为核心内容。其实，文史研究中所谓考据，也就是傅斯年先生所说"比较不同的史料"，具体落实到我这本《生死秦始皇》的研究方法，真的可以说"第一是比较不同的史料，第二是比较不同的史料，第三还是比较不同的史料"。考据虽然不是历史研究唯一的方法，但却是更易于解决实质性问题的一种方法。这一点，我相信大多数认真阅读过本书的读者，面对书中诸多全新的结论，是能够予以认同的。

当然，为便于更多非文史专业的人士能够顺畅地接受并乐于阅读，我在文字的表述方式上，做出了不同于传统考据学家的处理。我希望读者能够理解，这种对文献的考据分析，是深入的历史研究必不可少的构成部分，甚至可以说是一项好研究的核心内容。因为通过这种考据研究的过程，可以告诉读者我为什么这样认识历史，而不是仅仅告诉大家我对历史问题的结论。

其实，这样做并不仅仅是为了向人们出示分析的过程并展现历史研究的深度，对于我来说，更主要的是，这样的研究过程才更有意思，更好玩儿，因而也更能体现历史研究的魅力。人生是一个过程。一项历史研究的进程，既是研究者生命历程中的一部分，同时也会成为阅读这项成果的读者人生经历的一部分。我愿意与读者一道品味和享受我们难得的人生。

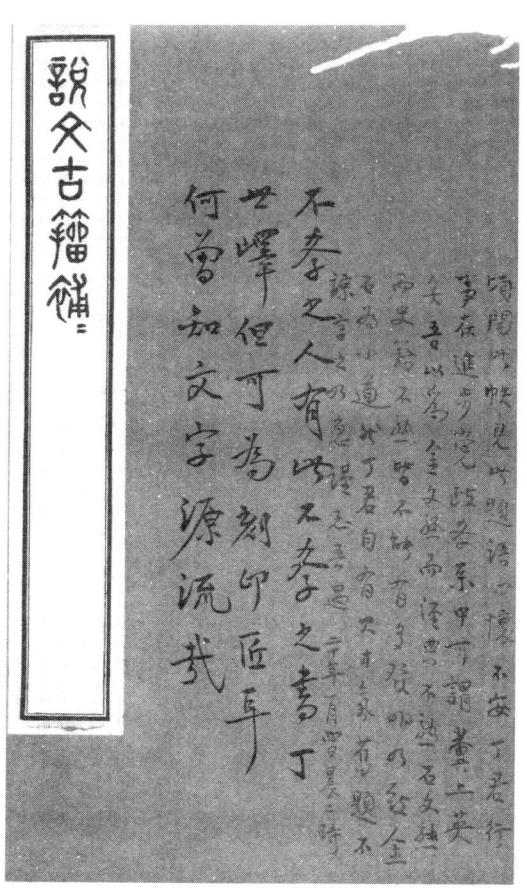

傅斯年藏书题记
（据汤蔓媛纂辑《傅斯年图书馆善本古籍题跋辑录》）

文史考证，从形式上或许看似艰涩，其实，它的神髓是严谨的逻辑推理，而逻辑推理是充满魅力的。不然的话，阿加莎·克里斯蒂女士的小说，就不会风靡全球了。我希望各位读者朋友能够静下心来，理顺逻辑的脉络，和我一起走入大秦帝国，和我一道勘破历史的真相，享受发现的乐趣。

真人始皇帝

——《史记》才能告诉你一个真实的秦始皇

　　司马迁的《史记》，不仅全面载述了所谓"黄帝"以来直至他所生活的那个时代，也就是汉武帝太初元年之前的历史，而且在史学著述的形式上，做出一项重大的开创，这就是他开创了"纪传体"的史书体裁。

　　这在中国历史上，是一件开天辟地的创举，而且是一项成功的创举。由于这种体裁十分合理，以后历朝历代所谓"正史"，就都照样学样，一直沿承下来。

　　司马迁写《史记》，自言"欲以究天人之际，通古今之变，成一家之言"（《汉书·司马迁传》）。所谓"天人之际"，讲的就是天对人的命运和社会变动的影响，因而他必须诚实地面对上天，如实书写史事，这样才能写出一部"信史"。世人或许可欺可瞒，但苍天有眼，他不敢欺，也不会跟天老爷耍小聪明，变着法儿想去瞒掉什么。故紧接在司马迁后面写出第二部纪传体正史的班固赞誉《史记》纪事的信实程度说："其文直，其事核，不虚美，不隐恶，故谓之实录。"（《汉书·司马迁传》）

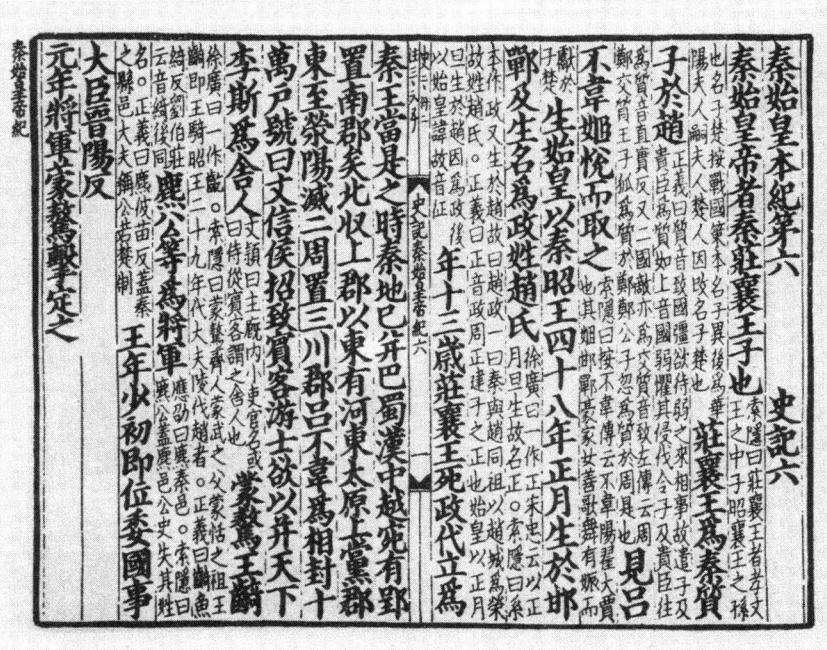

百衲本《二十四史》影印南宋建安黄善夫书坊刻三家注本《史记》

世世代代，人们都是这样看待《史记》，这样阅读《史记》，这样利用《史记》，这样敬重太史公的史笔，没有什么异议。

不过晚近以来，由于受到西洋某些学术方法的影响，一些专业的学人，开始对《史记》纪事的信实性提出怀疑。像日本学者宫崎市定和中国学者吕思勉等，都怀疑《史记》中有很多不可靠的传说的成分。

谈到这个问题，具体的情况非常复杂。这大致涉及如下三个方面的问题：第一是早期在有系统文字记录以前的传说时代的纪事是否可靠的问题；第二是以职业史官记录等系统史料为主撰写的内容从总体上说是否存在严重错谬的问题；第三是现在很多人热衷谈论的所谓"历史书写"的问题，即司马迁是不是出自什么不可告人的心怀而非采录那些并不可靠的史事，甚至有意扭曲史实编瞎话的问题。

这三个方面的问题，详细阐述，都很复杂，我的粗略看法，可以概括表述如下。

第一，中国古代缺乏系统文字记录的传说时代，大致可以截止在所谓夏代的末期。在这个所谓"传说"时代，或真或假、或虚或实的历史叙述是大幅度、很普遍地相互掺杂在一起的，但既然已经有了比较具体的传说，史学家也就不能对它视而不见。司马迁本着努力追求史事的客观真实性的原则，尽可能对这些真真假假、虚虚实实的传说做出了自己的斟酌判断。

于是，我们看到，《史记》对这一时期所做的记述，是从他认为相对比较信实一些的黄帝时期写起，"择其言尤雅者"（《史记·五帝本纪》）载入书中。虚的、假的、不符合历史实际的纪事，固然所在多有，但这是没办法的事儿，总是要从相对信实的时代努力向前，做一些比较合理的追索。

换句话说，虽然《史记》中这一段史事的记述存有很多值得慎重推敲或是有待深入考辨的内容，但也没有任何比它更为可靠的记载流传下来。就这一段历史的总体情况而言，相对来说，《史记》的记载还是最为确实可信，因为其他那些记载更不靠谱儿。

第二，在中国古代，以职业史官记录系统史料为主撰著的史籍从总体上说是否存在错谬？谈到这个问题，不能不提及著名的王氏"二重证据法"，也就是文史学界人所熟知的王国维先生强调指出的治史方法。

到目前为止，中国古代依据系统的职业史官文字记录来撰述的历史，大体可以确认，始自殷商时期。

按照我的理解，王国维的"二重证据法"，既不是他的创造，在当时即使是由赵国维、钱国维主张这一方法，也根本不是什么一般性的研究方法的创新，而是在具备了相应出土文献资料的特殊历史时期，及时地将这一很普通的治史方法，用之于中国上古历史的研究，用来证实古书的信实程度。其具体指向包含如下两重含义：一是关于殷商时期历史的记载，依据传世文献与地下出土新史料"二重"互证的方法，使得"《世本》《史记》之为实录"这一点，"得于今日证之"，亦即赖此

"证明古书之某部分全为实录";二是对那些较殷商更早的上古早期传说时代来说,"即百家不雅驯之言亦不无表示一面之事实",这也可以说是对上面所说第一方面问题的一个解答,即对于载录中国早期历史最为详备的《史记》来说,它至少在某些特定的方面反映了历史的实际情况(王国维《殷卜辞中所见先公先王考》《古史新证》)。

这等于说,王国维先生运用这种"二重证据法",证明了《史记》记载的殷商以下的历史,基本上也都是可靠的"实录",总的来说,是不容轻易质疑的;或者说,王国维先生用这种"二重证据法"证明了《史记》是一部真实可信的通史。

第三,关于司马迁是不是有今人所论"历史书写"的问题,这件事儿比较复杂,但我对此基本上是持否定态度的。

这涉及中国早期职业史官的身份和传统的问题。简单地说,早期史官身处天人之际,肩负着沟通上天与世人的职责,若不能忠实地记述史事,会遭受天谴神责,并且这种惩罚的严酷程度甚于世间一切暴虐君主的惩罚,所以,辛甲、董狐、齐太史等史官才能够奋不顾身而不失其守,甚至搭上他们整个史官的家族。比司马迁早些时候的贾谊,称"天子有过,史必书之,史之义,不得书过则死"(贾谊《新书·保傅》),反映出直到西汉时期,在人们的观念中,很大程度上还在沿袭着这样的传统。

正是这样的传统,决定了司马迁具备"究天人之际"的资格;正是这样的身份,促使他能够秉笔直书,以至于直刺"今上"汉武帝。

基于这样的历史背景，来看人们对《史记》某些内容的"非客观性"或"历史书写性"的议论，我想主要有两类情况。

一类情况，是史料不足征造成的不可避免的缺憾，是技术性的疏失，与司马迁的主观偏颇无关。可以说，这样的问题，是治史者永远不可避免的遗憾，即使在今天，也是这样。

另一类情况，是《史记》的纪事，本来并没有什么问题，基本上是信实可靠的，本来是真实发生的史事，可是后世书生不理解，感到不可思议，于是便揣测这出于司马迁师心自用，也就是所谓"历史书写"。

譬如，这些人怀疑秦始皇死后赵高、李斯密谋"诈立"胡亥为太子的事儿，当事人之外，他人何以知之？故其说必定出自后人胡编乱造。别的国家是怎么样，我不知道，但在中国，大家都明白"一传十，十传百"那句话是什么意思。这么大个事儿，当然会有人口口相传，流传于世。而且这事儿是有其他一系列史事与之印证的，很简单：真的假不了。

上面讲述的这些情况，学者之间有不同的认识，大体上还都属于认识态度或治学路径不同所造成的差异。但是，近三四十年以来地下新出土的史料，又使得一些人如获至宝，从中找到一个个重磅"实锤"，纷纷以之砸向太史公的头上，也砸向他写下的《太史公书》。

在这里，我想举两个例子，来说明这一情况和我的看法。

第一个例子，是上世纪70年代发现的云梦睡虎地秦简，其中有两条大秦帝国法律文书，提到了一个很特别的官署——隐官。于是，前后相继涌现出一批学者，有在海内的，也有身居海外的，他们一看"隐官"这两个字长得跟《史记》里的"隐宫"二字非常接近，于是就放胆勘正《太史公书》，要把《史记》的"隐宫"改订为"隐官"。当然，按照他们这些人的看法，不应该说是"改订"，而应该称作"订正"，只是我不认同这种说法，在我看来，这实际上是改正为误，改是为非。

单纯改个词儿，改个官名，影响也不一定很大，可这些人意不在此。他们和古籍校勘从业人员不一样，他们是历史学家，他们坚信自己所理解的治学法宝"二重证据法"（这和上面所讲的我本人的理解很不相同），他们想要依靠出土文献资料来改写历史，来重写历史。

他们这些人要改写什么呢？主要是改写《史记·蒙恬列传》中这一句话，即"赵高昆弟数人，皆生隐宫"。"生隐宫"，赵高就被解释成宦官（这样的解释对不对，另说）；现在把"隐宫"改订为"隐官"，赵高就成了身体完整的好男儿。一时间，响应风从，附庸者众多。

这里的关键是，能不能简单地依据一两条地底下挖出来的散乱文牍来改易《史记》的记载？《史记》"隐宫"指的是什么是一回事儿，《史记》中还有许多记载都清楚表明了赵高必属后宫宦官是另一回事儿。《史记·樊郦滕灌列传》记载，西汉初年，有一次，汉高祖刘邦一连十几天都把自己关在宫内不见人。别人不敢进去看，只有杀狗出身的樊哙性子烈，拍开宫门就往里闯，于是其他那些着急的大臣也才敢跟进。进到卧室一看，刘邦正头枕在一个宦官腿上（西汉的皇帝大多都很喜欢同性性伴侣）。樊哙"见上流涕曰：'始陛下与臣等起丰沛，定天下，何其壮也！今天下已定，又何惫也！且陛下病甚，大臣震恐，不见臣等计事，顾独与一宦者绝乎？且陛下独不见赵高之事乎？'高帝笑而起"。——樊哙把刘邦和宦者厮混的事儿同秦二世独倚赵高事相并比，这赵高不是净过身的宦官还能是什么？只要你不是执意迷信所谓"出土文献"，赵高身上缺了的东西是谁也补不上去的。而且，司马迁对这一点是有切身体会的，如果赵高不是这样，他能随便写吗？

给《史记》带来更大挑战的出土文献，是北京大学近年入藏的西汉竹书《赵正书》。

赵高虽然是个权倾一时的大宦官，要不是净过身，很可能就会取二世皇帝而代之成为第三个皇帝，但在当时的作用和在历史上的影响，毕竟不能和千古一帝秦始皇比。《赵正书》的纪事，乃是直接颠覆了司马迁《史记》所记载的秦始皇的经历，把胡亥诈立写成了秦始皇既定的安排。《赵正书》中告诉人们，二世皇帝是按照他父亲的临终遗嘱名正言顺地登基就位的。

这件近两千年前的竹书所提供的旧信息，一下子成了今天的大新闻。普通民众当然很想一看究竟，很希望有专家学者出面，告诉大家历史的真实状况到底是怎么一回事儿。那么，职业的研究人员又是怎么看待这件事儿的呢？

实际的情况是，这么多年以来，越来越多的专业研究者期望通过一次偶然发现的出土文献来改变世代相传的历史样貌。这样做，干起活儿来省事，领起功来既显眼，又容易。所以，好之者众，乐之者多。尽管《赵正书》所述违情背理，明显过于荒唐，可他们表述的意见还是模棱两可，给好事者的想象发挥，留足了空间，也提供了"合理"的基础。于是，一股怀疑以致否定《史记》纪事信实性的火焰，虽然不是很大很旺，却日渐蔓延。

事儿赶得也巧，就在《赵正书》的研究展开不久，2013年年底，湖南省相关考古工作者又向社会公布了一件在湖南益阳兔子山遗址发现的二世皇帝诏书。因其中含有"朕奉遗诏"云云的文句，故发掘者将此称作胡亥的"即位文告"。由于这一语句与《史记》所书赵高、李斯合谋篡改始皇遗诏事明显不符，却与《赵正书》中胡亥遵奉遗诏合法登基的叙述相吻合，在一些人眼里，好像恰好可以印证《赵正书》所言不虚。这份所谓"遗诏"，便犹如一股邪风，吹向借《赵正书》以怀疑、否定《史记》的野火。

于是，风助火势，大有一举焚荡《太史公书》的势头。大家看看是不是：秦是被司马迁所在的汉朝刚刚取代的一个王朝，要是太史公连秦二世继位缘由这么大的事儿都记载得一塌糊涂，那它还能有什么值得我们相信的地方？司马迁忍辱负重给我们留下来的这部千古名著，真的像这些人认为的那样，就是"满纸荒唐言"吗？

幸好，历史并不是任人打扮的小女孩儿，在我看来，它是

秦 始 皇 帝

明万历刻本《三才图会》中的秦始皇像

一门科学，而历史研究的结果作为科学的结论，是可以验证，而且也是必须予以检验的。按照我对相关问题分析验证的结果：太史公就是太史公，《史记》就是《史记》。司马迁治史的严肃认真态度，谁也不能损坏；《史记》的信史性质，谁也动摇不了。相比之下，被迷信出土文献者尊奉的《赵正书》，不过是一篇借事儿说事儿的"小说"而已，丝毫不足信据。

大家若问我为什么这样讲，为什么讲得这么"武断"，我要告诉大家，我对这些问题是做有很具体的论证的，只是说来话长，今天在这里实在无法拓展开来，一一细说。感谢中华书局，他们即将帮助我出版一本小书《生死秦始皇》，过几个月就会面世。上面讲到的这些问题，在这本小书中都有详细讲说。

如上所述，与秦始皇相关的各项问题，可以说是一项标志性的事件，它对我们合理认识《史记》纪事的性质，具有重大象征意义。透过这些研究，我想说，只有《史记》才能告诉你一个"真人"始皇帝（"真人"是秦始皇晚年取代"朕"字的自称），这也就意味着《史记》是一部讲真话、记实事的信史，我们今天要想了解汉武帝中期以前历史的总体状况，它仍然是独一无二的首选。当然，大家有兴趣的话，若是一并看一下敝人将要出版的这部《生死秦始皇》，或许会对《史记》的性质和地位有更好的理解，特别是或许能够看到一个更加清晰、更加丰满的秦始皇形象。

2019 年 4 月 20 日上午讲说于中华书局

《赵正书》、赵正与赵高

　　这个题目是围绕《赵正书》展开的。《赵正书》被发现已经有段时间了，但是正式向社会公布大概只有两年的时间。它是新发现的西汉时期的竹书，就是写在竹简上的文献。我今天讲的内容就是由新发现的《赵正书》引出的。《赵正书》的发现在社会上引起了非常广泛的关注，因为它涉及中国历史上的第一位皇帝——秦始皇的事情。

　　涉及秦始皇的事情本身没有什么特别的，但秦始皇是一位重要的政治家，是中国历史上开天辟地的第一位皇帝。新发现的《赵正书》里面记载的秦始皇，和大家以往了解到的秦始皇是有重大差别的。我们以往了解到的秦始皇，基本上就是通过司马迁的《史记》了解到的。当然，有些文学作品、影视作品可能有各种各样的艺术处理，但是作为历史的事实，除了《史记》的记载，基本没有其他任何重要的、可靠的材料。

　　新发现的《赵正书》，它记载了很多跟《史记》记载完全不同的，可以说是天差地别、天翻地覆的内容，所以引起了非

西汉竹书《赵正书》篇题

常广泛的关注。因此，我想借此机会，在这里谈一下由之引出的一些问题。如果顺利的话，这些内容也会在今年8月以前，整理为一本叫《生死秦始皇》的小书出版。为啥取一个这么像"故事会"的名字？因为看《故事会》的人多，所以我也希望大家可以都来看我这本《生死秦始皇》。在这里，我把相关的一些要点讲出来和大家交流。这个题目就是：《赵正书》、赵正与赵高。

先讲第一个部分：《赵正书》。《赵正书》属于北京大学整理出版的一批西汉竹书。这批西汉竹书包括很多内容，《赵正书》是其中的一篇，也是和狭义的历史即以人类政治活动为主的历史活动关系最密切的一篇。

在没有《赵正书》之前，我们了解秦始皇那个时代的历史主要的就是通过《史记》。而《赵正书》发现之后带来什么问题？我认为可能是这三个方面：第一，我们应当怎样正确地对待出土文献与传世文献？出土文献是指像《赵正书》这样从地下发掘出来的文献。传世文献指的是世世代代流传下来的文献，比如《史记》《汉书》等。我们怎样正确地对待出土文献和传世文献这一问题，涉及我们研究中国古代历史的一般性方法论问题。第二，《史记》到底是一部什么样的书，我们怎样看待《史记》的记载，怎样看待《史记》所提供给我们认识历史的这些素材？第三，《赵正书》是一部什么样的书？

首先，来讲第一个问题，我们应该如何正确地对待出土文献和传世文献？我们通过地下的考古发掘或者其他的形式，在一些正常的社会传播渠道之外获得的文献，被称为出土文献。出土文献的发掘源远流长，被大家熟知的最早的其实是地上发现的一批文献，就是西汉景帝或者武帝时期从孔家宅里发现的一批东西，那批东西我不大想把它们当作地下发掘的出土文献，因为那是人家"保险柜"里的东西，孔家宅第砌到夹壁墙里深藏的东西。

而我认为第一次比较重要的地下发掘的出土文献，大概是在西汉末年，就是绿林、赤眉军进长安的时候，在汉武帝茂陵里挖出的一批东西。这批东西其实很早就有记载，叫《茂陵书》，但没有人认为《茂陵书》是出土文献。那么，我为什么说《茂陵书》是出土文献呢？我们对比一下西晋时期发现的《汲冢书》就明白了。《汲冢书》是在汲县的一个坟里挖出来的，所以叫《汲冢书》。因此可以推断《茂陵书》一定是在茂陵挖出来的，它有可能出自汉武帝茂陵的主陵，也可能出自汉武帝的陪葬陵，但它一定是当时的一种出土文献。

《茂陵书》里边就有很多和传世文献不同的以及失传的内容。比较重要的，如司马迁是什么时候继承他父亲当太史令的。传世文献里有相关的引述，虽然和《茂陵书》内容有所出入，但是一看就知道，肯定是从汉代的竹简公文抄来的。西晋时期的人怎么能抄来这个公文呢？一定是有人挖出来了。《茂陵书》提供了很多重要的证据。

运用出土文献成为一个时代的风气，大概有两个时期。一个是西晋时期，因为出土了一批以《汲冢书》为代表的文献；另一个就是北宋中期以后，中国的学术文化产生了一个历史性的巨变，在各种传统文献之外，还重视其他两种史料文献——金（两周铜器铭文）、石（汉代碑刻材料）。

这种风气到了近代以后，由于受到西方学术的影响，大家特别重视收集一切能利用的材料，其中出土文献是最没被别人利用过的新鲜内容，所以就格外被重视起来。这个时候在出土文献方面有一些大的发现，比如安阳殷墟发现的甲骨卜辞，敦煌发现的一小部分汉代早期的简牍文献。而近几十年来，随着中国基本建设的开展，把地下一大批重要的文物都发掘了出来，就出现了层出不穷利用出土文献的现象。在这种风气带动下，古代史研究有了重大进步，但是这种风气中有些问题是值得我们思考的，就是我们应该怎样对待出土文献，应该抱着怎样的态度来看待出土文献？

我认为这个问题的关键点在于，很多人认为，只要出土的东西跟传世的不一样，就一定是一个惊天动地的发现。不管出土东西的记载质量如何，只要是新出土的一定最重要，它所带来的核心问题就是研究的问题。这就产生了某种偏差。

这种偏差实际上从宋代开始产生，但自清代道光咸丰以后，有一部分人背离乾嘉学者主要依据传世文献同时又充分利用各种金石铭文的做法，剑走偏锋，一门心思拼命找别人没用过的东西。这种做法的便利，在于每一条材料都没人看过，我拿起来就可以写文章，我写出来就是一篇新文章。虽然古代不评教授不评职称，但同样有人会这样抢着写别人没写过的东西。这是一种偷懒的办法，因为这种做法回避了烦难艰巨地阅读"十三经"、阅读"二十四史"的过程。这是一条做学术的快捷方式，这种风气影响到了近代以来学术界对出土文献的应用。

在做历史研究的时候，我们应该抱有这样一种态度：我们的祖先会把最好的东西传下来。失传的那些东西在当时的价值判断上，它是居于次要地位的。人类不大可能把所有东西留下来，只能选择最重要的东西保留起来。在这个前提下，我们如果过度偏重出土文献，就带来一个问题：究竟哪些东西在当时是居于主流地位的？

中国历史很早就有了系统的史官记录，可能由于战乱与种种灾祸，这些记录会受到不同程度的损失，但总的来说，我们的古史记载系统是相当完备的。在这种情况下，极端地依赖出土文献，就可能出现一些问题。

在这里，我讲一个非常实际的事情。曾经有一位资历较深的学者信誓旦旦地讲长沙三国吴简的发现会改写三国历史。但几十年过去了，到今天我们研究三国历史，最主要的依据还是

《三国志》。长沙吴简只是起到某种拾遗补缺的作用，它不可能改写历史。因为目前还没有超过《三国志》的更详尽资料来让我们了解三国。

回到这里要谈的第一个问题，《赵正书》的记载和《史记》有着重大差异，但我们不能抱着这种猎奇的心理，抱着一种走快捷方式的心理，想通过一种出土文献的发现，提出跟别人完全不同的见解，整体改变历史的面貌。我的这种说法可能对于一些学者不是很公平，但我觉得至少对中国学术界的治学方法来说，是一个必须认真思考的问题。这是我对如何对待出土文献和传世文献之间关系的一点感想。

接下来，进入第二个问题：《史记》是一部什么样的书？任何一个留下来的《史记》版本，都有一些内容和具体实际情况存在一定程度的出入，有的时候甚至是严重的差误，但这是全世界传世文献都会遇到的问题。是不是因为这样，传世文献就不可靠？不是。我们之所以要有专业的史学工作者，就在于这是我们的一个任务：我们要来解析、考辨这些问题。

最近这些年来，一部分学者特别强调一个概念，叫作"历史书写"。简单地说，就是历史是由人写的，因此会有人主观的原因，记述一些和历史实际不符的东西。我个人是不太赞成过分强调"历史书写"这一面的。如果过分强调了"历史书写"，我们的历史就都不可相信了。如果一味地这么想，历史研究，特别对于中国早期的历史研究，就进行不下去了。

简单地说，中国古代的史官具有一种介于天人之间的神性的性质，神职色彩特别强烈。因此，史官必须忠于历史事实，不能随便乱写。史官忠实于历史事实，不等于他记下来的东西都是正确的，因为他记载历史是基于他的客观条件。不过，也不能倒过来说，他都是在居心叵测地编瞎话。过分强调"历史书写"就会出现这样的问题：因为出于个人原因，因为他隶属于某个利益集团、某个文化体系，他的历史记录都是充满个人偏见、个人政治目的的。我们在历史研究的时候，应该就具体问题做具体分析，对待每个具体的事物，用我的客观的考虑，尽量剔除历史文献中因主观叙述而出现的偏差。

所以我认为《史记》是很忠实地记载了历史的，但忠实并不等于没问题。最主要的问题就是，我们在考察历史时可以看到，有文字的记载，才会有可靠的历史，但早期人类的历史叙述，都有一个口头传说的时代，此时的历史记载就并不可靠。司马迁尽他最大的努力，处理他所知道的口头传播时代以来的，也就是属于三皇五帝以来的历史传说。

司马迁没有写《三皇本纪》，后来另一个司马氏、唐朝的司马贞多事，补了个《三皇本纪》。为什么司马迁不写三皇？因为他觉得不靠谱。他从五帝时期开始记述，而且用他的话说是记录那些比较"雅训"的话。所谓"雅训"，按我的理解，就是司马迁大概觉得三皇时期有 50% 以上的内容不可靠，五帝时期应有大于 50% 的内容可靠，所以将其记载于《史记》之中。但这并不等于司马迁就认为《史记·五帝本纪》中他写下的那些内容全都非常可靠，他没办法，只能尽自己最大的努力给我们留下这样的记述。

因此下面引出另一个问题，涉及所谓夏代和商代的问题。

所谓夏代，是一个非常复杂的问题，我不太赞成一些考古学家拼命要证实夏代的存在，至少在古文献中流传下来的夏代，跟我们现在考古学家理解的夏代是有巨大差异的。《史记》为主的文献所记载的夏代，用我们科学的态度看，是有很多问题的，但司马迁也尽最大努力把它写了下来。

然后，就进入商代。商代相对夏代来说，是可以被证实的。如何证实？这要运用近代以来著名的王国维先生的"二重证据法"。

现代一些特别重视出土文献的学者，把"二重证据法"谈得特别神奇，但"二重证据法"其实没有任何普遍性的方法论意义。因为所谓"二重证据法"，简单来说，就是用出土文献和传世文献互证。但是只要想利用地下发现的文献，当然得和传世文献互证了，不然怎么用呢？这个方法至少在中国北宋中期，也就是欧阳修、范仲淹的时代，金石学刚刚兴起的时候，就开始用了。

王国维强调"二重证据法"的意义在哪里？我们看一看王国维原始的意思就知道了。王国维原话是说："二重证据法，今日始得为之"，什么叫"今日始得为之"？因为殷墟甲骨的发现。殷墟甲骨发现后，王国维利用"二重证据法"，考证了《史记》的商人先公先王世系，与甲骨卜辞体现的商人先公先王世系吻合。这证明了什么？证明了《史记》从商开始的历史是可靠的，是一部信史。

不过，《史记》中还有一个时代的记述存在较大问题，就是战国时期。战国时期，由于时间、空间的错综复杂，本身就很难叙述。再加上秦始皇焚书坑儒的时候，又把秦国以外的列国史书都烧掉了。而秦国的历史记录相对来说是比较简略的，如他们的编年体史书都不记月日，只粗略地记录每一年发生的几件事。对比西晋时期发现的《汲冢书》可以看到，当时魏国的记录就要比秦国详细很多。这就造成了《史记》有关战国历史记载反而不如春秋时期确切。这是客观材料不足造成的。如同孔夫子讲的那一句话，文献"不足征也"，这是没有办法的事情。但总的来说，司马迁写《史记》不是乱写，这部史书从商代开始，是可以被证实为一部信史的。

下面我们进入第三个问题，来谈谈《赵正书》到底是一部什么样的书。

这个话题谈论起来比较复杂，有很多问题可以分析，这里就其中最为重要的一个问题，即胡亥即位为皇帝的合法性问题来讨论一下。具体来说，就是胡亥究竟是按照秦始皇的遗嘱继位的，还是他和赵高、李斯合谋，通过欺诈的手段当了二世皇帝的，旧史的传统说法叫"胡亥诈立"。这是一个非常重大的问题，但是对于这个问题，具体整理《赵正书》的学者，即北京大学考古文博学院从事秦汉考古的赵化成先生，他的态度是比较谨慎的，在对这一文献做分析时，他非常审慎地没有表明态度。

但是我个人的看法，是不太赞同他的态度的。我的看法是，我们一定要首先相信《史记》，因为"胡亥诈立"这件事是人人皆知的。秦代三四十年就灭亡了，之后就是汉初。汉初流传的所有传说、所有记载，都说"胡亥诈立"，它不大可能是像《赵正书》所说的那样，胡亥是遵照秦始皇遗嘱继位的。

然而《赵正书》公布后，紧接着没两年，很凑巧的是，湖南益阳兔子山遗址发现了二世皇帝的诏书，说他就是遵照秦始皇的遗诏继位的。部分学者欢呼雀跃，说秦朝的历史被完全改变了。我觉得不应该这样看，因为我们看历史上任何一个篡夺帝位的人，没有一个人说自己是完全用阴谋手段夺权的，他一定都会发表一篇堂而皇之的诏书，讲自己如何奉天承运当上皇帝。所以，秦二世这个诏书的说法可信度不大。另外，这个二世的诏书也不是他继位的诏书。但是这个问题比较复杂，就不展开讨论了。总的来说，胡亥的确是"诈立"的，就是说秦始皇去世之后，赵高、李斯合谋改变了遗诏，也因此影响了历史的发展方向。

《赵正书》到底是一部什么性质的书籍？必须给它做一个界定。现在有一些学者提到，它可能是一篇"小说"。这里的"小说"，指的是《汉书·艺文志》所体现的西汉后期人对所接触到的宫廷藏书的一种文献学分类。具体是在诸子类书中，有一家叫小说家的。小说家是什么？这个事情我自己的看法不一定能得到所有人的认同，但我感觉可能会触及文学史上的一个重大问题：小说的起源到底是什么？关于这个问题最早开始讨论的，是民国时期日本学者盐谷温和中国学者鲁迅先生，他们都做过中国小说史的研究。他们研究的方法是一致的，就是按照唐代的目录学书《隋书·经籍志》里面说的小说家，来推论汉代的小说家是什么。

但是大家应该注意，《隋书·经籍志》的小说家不包括任何一部《汉书·艺文志》中的小说家的书。《汉书·艺文志》源自《七略》。西汉末年，刘向、刘歆父子编订了《七略》，《七略》编完后，到了东汉初年，班固利用《七略》又编成了《汉书·艺文志》。因此，班固编录小说家这一类书的基础是西汉末年人们看到的所谓"小说"。这个"小说"是人们对这类文献的归纳和定义，但是《汉书·艺文志》里面的小说到了唐代初年一部都没有了，绝大多数在东汉以后就没有了。这就产生了名实之辨的问题：《隋书·经籍志》的小说和西汉末年、东汉初年人们理解的小说是否相同？由于这个问题十分复杂，也不能详细展开讲。我自己做了一些分析，主要利用了余嘉锡先生研究相关问题的基本论述，但我的结论和他的有所区别。在我看来，所谓小说家，是指利用一个古代发生的历史事实或传说来讲一个道理，用一个不太雅的北京土话说，叫"说事儿"，有点近似寓言。这就是西汉时期的小说，和之后我们所说的小说有重大的本质差别。

《赵正书》就是一篇这样的小说，它和历史记载毫无关系，它的叙述不在于历史的准确，只在于通过这个事儿讲理。我们知道了它的性质，就没有任何必要把它的记载和《史记》做对比，因为完全不是一回事。

我们继续来看今天题目的第二部分内容——赵正。关于赵正，具体有三个问题需要跟大家交流一下。第一，"始皇帝"是谥号还是自号？第二，秦始皇到底是不是赵家人？第三，秦始皇的名字到底是"正"还是"政"，他到底是要用他的名字表示"正天下"，还是要"为天下之政"？

有关第一个问题，因为《史记》的记载不是很清楚，现在中国学者对它的认识，和国际学术界有差别。国际学术界的观点，主要是日本学者的论述。日本学术界对这一问题的认识也经历一个曲折的过程，在上世纪 60 年代前后，他们得出一个清楚的认识：始皇帝是一个相当于谥号的称谓。什么叫谥号？就是活着的时候不能用，只有死了才会有"始皇帝"这样的称呼。

这个问题的证据其实很清楚，就是秦始皇东巡有一系列刻石，比如泰山、碣石等。刻石留下的完整铭文非常少，大部分都毁掉了，包括泰山刻石以及琅琊刻石等。但是我们通过传世文献的记载和残存的、重刻的刻石可以清楚地看到，秦始皇从来没有"始皇帝"的自称，都是称"皇帝"。这是一个重要的考察依据。

还有其他的依据，比如阳陵虎符。这是秦始皇在世时使用的一个物品，大家可以看到非常清楚地写着"右在皇帝，左在阳陵"，就说明"皇帝"明显是他在世时的自称。据现存文物和文献可知，秦始皇留下最多的是他的"诏版"。秦始皇二十六年（前221）统一天下度量衡的时候，在很多器具上都刻上了他的诏书，而诏书里面提到的自称，都是皇帝。更重要的是在他去世之后，秦二世发布了一份诏书，这份诏书也记载在《史记》里。其中，谈到秦二世要重走秦始皇东巡的路。他重走这条路要干什么？他说秦始皇的刻石刻了以后，没有说明自己是第一个皇帝，只是自称为皇帝，这样的话，后世就无法区分他到底是谁了。因此要在后面刻一行字，强调他的"始皇帝"身份。所以秦二世的时候就正式称呼秦始皇为"始皇帝"，现在我们看到的这些刻石，是有秦二世的铭文在旁边的。

这些东西摆在一起来看，应该说是非常清楚的。然而为什么会存在认识的差异呢？这就回到我们一开始谈的学术研究的方法论问题上了。很多人过分地偏重出土文献，认为出土文献发现的东西都是会帮助我们解决很多重大问题，从而忽视传世基本文献，特别是像《史记》这样耳熟能详的传世经典。当然，像"始皇帝"究竟是自称还是谥号，除了《史记》以外，可以考证的材料还非常多，对这些材料，宋代以来的金石学家都研究过。只要充分重视传世基本文献，认真分析，按照一个正常的逻辑思维来推演，结论应该是很清楚的，不会有异议。

但是我们看到的实际情况是，在中国，包括很著名的北大教授，在编写《中国史纲要》的相关部分时，清清楚楚写道，

秦阳陵虎符
（据宁波博物馆、中国国家博物馆编著《国家宝藏》）

"始皇帝"是秦始皇的自称。还有就是今天我们教育部审定的中学教科书写的也是，"始皇帝"是秦始皇的自称。当然，有一些学术志向特别远大的学者，他们觉得无所谓，这个事情没有那么重要。但是，我们研究的历史就是一个一个的史实堆砌起来的，正因为历史有着一个一个具体的细节，它才能吸引千千万万的人关注它。

这就是关于秦始皇的第一个问题，他的"始皇帝"到底是自称还是"谥号"。在我看来它非常简单，至少在日本学术界早已不是个问题，只是中国学术界还没有完全清楚的认识。

下一个问题就来说说秦始皇到底是不是赵家人。这个问题说起来挺简单，论起来却挺复杂，涉及中国古代姓氏制度的变迁。

今天，大家只有姓没有氏，而早期时比较复杂，人是有姓还有氏的。秦始皇这个"赵"到底是赵姓还是赵氏，就需要做一些论证。按照《史记》的记载，秦国的国君是嬴姓，所以按理来说，这个"赵"应该就是氏。人不能有两姓，宋代学者郑樵的《通志》对姓氏制度做了比较系统的深入探讨。清代学者顾炎武在其基础上进一步探讨了这个问题，写过一篇论述姓氏的文章《原姓》。他们探讨的时候都有一个共同出发点，就是《左传》记载的一段关于姓氏关系的话："天子建德，因生以赐姓，胙之土而命之氏。""因生以赐姓"说明姓与出生有关系，而"胙之土而命之氏"说明氏是和封地有关的。这是关于姓氏制度的一个重要的原则。

按照这个原则来讨论这里的"赵",就有些麻烦。你说他是赵家人吧他得姓赵,但如果说他姓赵又不大对。姓赵的传统说法,指的是赵国的赵,也就是以"胙土命氏"为原则,赵国因为分封在赵地,所以称赵氏。但秦国的先祖非子,他封到西秦的时候,就以居邑命氏,以秦为氏了,所以不大可能是赵氏。比如秦始皇可以被称为"秦正(政)",历史上确实也有这个说法,唐朝人写的《毛诗正义》,里面提到秦始皇就自称为秦正。这种称呼是可以的,它符合居于秦地后以秦为氏的规则。所以说这个赵是"赵氏"似乎也不大准确。

另一方面,按照从《左传》开始到顾炎武的研究,他们一直认为姓是万古不变的。提到秦国的氏,主要是"秦氏",而提到姓的时候,非常明确,肯定是嬴姓。可是为什么这里却是赵呢?他又没有分封到赵,他不可能称为赵氏。赵到底是什么?我也不敢说我有什么特别明确的见解,只能是简单地推想,或者说是猜想:因为秦始皇自认为是千古一帝,他可以为所欲为,因此可能是他依照"因生以赐姓"的规矩,他出生在赵国,就重命名了一个姓,不姓嬴了,改姓赵。这个赵不是氏,而是姓。

有一个人谈到过这个问题,就是清代康熙年间的学者阎若璩。阎若璩是一个非常优秀的学者,但一般讲学术史的人对他关注不够。我们稍微脱离这个主题的内容,讲一下大的学术史背景。清代学术主体是乾嘉考据学术,考据学术源头主要在康熙年间,一般人认为是顾炎武的学术影响造就了有清一代的学风，但是顾炎武本身的研究其实跟乾嘉学术是完全不同的。

清初的学者都不约而同地反朱熹。顾炎武反朱熹，阎若璩也反朱熹，反对朱熹者还包括浙江的毛奇龄等，但大家的出发点不同，学术追求也不同。比如顾炎武和阎若璩就完全相反，顾炎武反朱熹，本质上是要做一个新时代的朱熹。顾炎武没这么说，但是我们看他的著作可以看出他有这样的意图。为什么？他研究的路径跟朱熹一样。朱熹的治学路径，用现代学术语言做归纳，被称作客观唯心主义，就是通过对客观事实的归纳，总结出一套形而上学的思想体系。只是朱熹最终上升到了形而上的高度，顾炎武大致停留在以典章制度的发展变化以及兴衰成败的经验而总结出一套治国平天下的道理。

真正影响乾嘉学派的代表人物是阎若璩。他是真正的为学术而学术，只是兴趣，没有别的目的。他就是喜欢钻研，把不知道变为知道，就是为了解决一个好玩儿的问题。阎若璩是一个非常聪明的人，他在其《潜邱札记》里谈到秦始皇到底姓什么这个问题。他认为秦始皇姓赵。大家不要觉得这有啥了不起的。因为一般理解，赵指的是氏而不是姓。阎若璩论证秦始皇就是姓赵。详细的解释，他做得不是很充分，但是我认为他的结论是对的。这是我谈的有关秦始皇的第二个问题，即秦始皇到底是不是赵家人。现在我可以非常清楚地告诉各位朋友，秦始皇就是赵家人，也可以说是天下第一个赵家人。

有关秦始皇的第三个问题，究竟他的名字是正确的"正"，

清乾隆眷西堂原刻本《潜邱札记》

还是政治的"政"？这两个字，严格地说在秦和西汉时是相通的，用哪个都可以。但是具体到人名来说，他总得有个确定的字，因此我们还是要做一下分析。

现在，《赵正书》出现了秦始皇姓名中的两个字。第一，它把秦始皇的姓写成了赵；第二，把他的名字写成了正确的"正"。这跟《史记》记载是不同的，《史记·秦始皇本纪》写的是政治的"政"。到底哪个对，哪个合理？首先看一下这个"正"是什么意思，如果说理解成正确的正，会有什么意义？

这里面涉及历法概念中正月的"正"。讲历法之前，先要看一个叫地平圈的东西。简单地说，地平圈就是想象在大地上以一点为中心画成一个圆，然后把这个圆周十二等分，再将它与东南西北结合起来，用十二地支表示各个方位。有了这个地平圈，我们就可以用它来确定历法。古代如何确定每个月呢？他们是看北斗斗柄指向哪个方向，以此来确定时节。这个方向必须用一个坐标来表示，看斗柄指向东南西北哪个方向，需要有坐标体系，这个坐标体系就是地平圈。将一个圆十二等分，这是很正常的。因为只有分为十二份，圆周的等分才容易出现。

运用这套系统，古人就可以把各个月份排定。我们再看另一个东西，就是夏商周"三正"的问题。这个问题说起来很神秘，其实非常简单，就是夏商周三代的历法，每一年从几月份开始过。我们现在看起来很容易，就是从正月开始过。问题是把哪个月定为正月？传统的说法，夏代是以寅月为正月，也

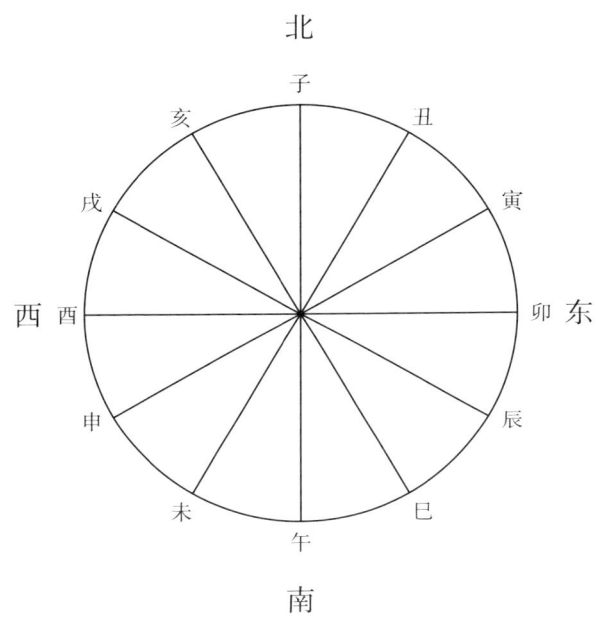

地平圈示意图

就和我们现在中原地区所谓农历历法一样；商代是以丑月为正
月；周代是以子月为正月。这套历法系统可以帮助我们理解赵
正的"正"是什么意思。"正"在历法里面的意思是以之为岁
首，以之为标准。那具体到秦始皇这个名字里，它的政治寓意
是什么？这个名字应该是代表他父亲对他的寄托，叫"正"，
就有以它为标准的含义。

　　这个问题我们还可以从《史记·六国年表》中得到佐证。在这个年表中，就将正月写成了端月，这是为了避秦始皇的名讳。这就清楚地告诉我们，秦始皇的名字应该是写作正确的"正"。像这样的避讳，其实还有很多，比如说秦始皇东巡的刻石，有好几个字按照秦代的用法，应该写作"正"的，都被写作了"端"。

　　这是秦始皇名字和早期历法相关的一个问题。实际上，在春秋时期，不同的诸侯国，由于所在位置不同，历史渊源不同，历法中的正月是不一样的。你过正月的时候，他可能过二月，我可能过十二月。到了秦始皇统一全国之后，他为了体现一统，就把各国的历法全部统一了。而他跟谁都不一样，以十月为岁首，不过他没有把十月改为正月，只是说过到十月就过大年。

　　关于秦始皇的名字，我们还能看到一些证据。宋刻本《战国策》，由东汉高诱作注，上面写："秦王，始皇赵正也"，用的也是正确的正。唐代《毛诗正义》序写的"秦正"，仍然是正确的正。通过一系列的论证，我们基本可以推断，《史记·秦始皇本纪》把这个字写成政治的政，应是后世产生的一个讹误。从这一点我们也可以得出，虽然我们不能相信《赵正书》记载的历史事实，但是它有一部分内容，像秦始皇的名字到底怎么写，还是能够帮助我们在某些局部问题上认识历史的本来面目的。

　　这就是我今天讨论的关于秦始皇的三个问题。第一，他的

二年十月	十一月	十二月	端月
誅葛嬰 四	周文死 五	陳涉死 六	楚王景駒始 秦嘉立之 五
三	李良殺武臣張 四	耳陳餘走 四	海將召平矯拜項梁始立張耳陳餘爲楚柱國 爲西擊秦立之 五
秋令自王 二	三	讓景駒以擅自往從與 五	我 王不請 五
僞之起微擊胡陵方 破秦監軍 與 二	雍丘拔西周 三川屬東海 徐廣曰泗水守 拔薛西周東略地 公以豊降豊沛間 四	豊不能下沛公攻 公以豊降 四	王駒公閒景駒至在卬景 砀西徐廣曰一作蕭
與 二	魏 四	魏 四	五
韓魏共立周市市不肯自必立陳歸 答自 二	立陳魏歸 涉死 三	破涉 章邯已 涉死 四	圍咎臨濟 五

凤凰出版社影印宋刊十四行本单附《集解》之《史记》

始皇帝的"始"字是谥号。第二，他是赵家人，他就姓赵。他改变了以前姓氏制度的规则，他自己创立了新的姓氏规则。他觉得自己是天子，而只有天子才可以命姓的，他自己给自己命了个姓，也算是合理。第三，他的名字应该写成正确的正。这是《赵正书》帮助我们更好地认识历史，提供的一点点有益的帮助。

最后一部分内容，是来谈谈赵高。赵高是个宦官，这在历史上没有任何异议。在上世纪70年代以前，没有一个人怀疑赵高不是宦官。宦官的意思，准确地说就是他作为一个男人通过手术的形式丧失了性能力。

那么，事情开始发生转变，跟我们怎样合理对待出土文献也有关系。在上世纪70年代，发现了湖北云梦睡虎地秦简，其中出现一个词叫作"隐官"。"隐官"跟赵高有什么关系？赵高在《史记》的记载中，是"高昆弟数人，皆生隐宫，其母被刑僇，世世卑贱"。其中，"隐宫"和"隐官"长得有点像，就像"环球"和"坏球"（繁体的"环球"和"坏球"也是一样），存在字讹的可能。睡虎地秦简"隐官"出现之后，当时有位资历很深的老先生叫马非百，提出一个看法，即睡虎地秦简提到的隐官，就是隐宫。什么意思？今本《史记》的隐宫写错了，它本来应该写作隐官，宫是一个讹字。而那个隐官就和男性通过手术丧失性能力的"宫"的性质绝不一样。他由此论证，赵高不是宦官。这件事后来被另外一些学者进一步阐述，还有学者就张家山汉简里提到的"宦皇帝"是什么性质等做过讨论，于是很多人就都相信了赵高没有"去势"。

关于这件事，五六年前就有人不停地问我的看法，我说你只要认真读《史记》就能知道，赵高当然是宦官。我本来也不愿意写这个问题，这次是因为要写一个与《赵正书》相关的小书，我就想刚好可以串起来，把这个问题提出来简单谈一下。这个问题其实是比较简单的，我们先从容易判别的地方看。

《汉书·京房传》中记载了京房和汉元帝的一段对话。这段对话的背景是，当时有一个大宦官叫石显，他当了一个官叫中书令。中书令这个官谁当过呢？最有名的就是司马迁了，他在做了手术之后，当的就是这个官。中书令很显赫，是最大的宦官头子，是可以在皇帝身边谏言议政的。大家如果读过司马迁《报任安书》的话，就知道司马迁认为当这个官是他的奇耻大辱，他拒绝利用这个身份向皇帝进言，操弄权政。

石显在汉元帝时期也当过这个官职。在这个背景下，京房攻击石显，跟汉元帝讲：石显是一个小人。为此，他举了个例子，他说："齐桓公、秦二世亦尝闻此君而非笑之，然则任竖刁、赵高，政治日乱，盗贼满山，何不以幽厉卜之而觉寤乎？"意思是齐桓公和秦二世都是任用了竖刁、赵高这些人，才使得政治混乱。其中的竖刁，也是历史上著名的大宦官。然后提到秦二世身边的人，说的就是赵高。只要你具备基本的逻辑推理能力，当然就能得出，在西汉时期著名的政治家京房看来，赵高就是个宦官。

我们再看与赵高时代更接近的一个例子，在西汉初年，刘秦之弧不與地而外結交諸侯以圍，則社稷必危，不如出臣。秦王乃出之。秦王欲見頓弱，頓弱曰："臣之義不參拜，王能使臣無拜即可矣，不即不見也。"秦王許之。於是頓子曰："天下有其實而無其名者，有無其實而有其名者，有無其名又無其實者。王知之乎？"王曰："弗知。"曰："有其實而無其名者，商人是也，無把銚推耨之勢，而有積粟之實，此有其實而無其名者也。無其名而有其實者，農夫是也，解凍而耕，暴背而耨，無積粟之實，此無其名而有其實者也。無其名又無其實者，王乃是也，已立為萬乘，無孝之名，以千里養，無孝之實。"秦王悖然而怒。頓弱曰："山東戰國有六，威不掩於山東，而掩於母，臣竊為大王不取也。"秦王曰："山東之建國可兼與？"頓子曰："韓，天下之咽喉；魏，天下之胸腹。王資臣萬金而遊，聽之韓、魏，入其社稷之臣於秦，即韓、魏從。韓、魏從，而天下可圖也。"秦王曰："寡人之國貧，恐不能給也。"頓子曰："天下未嘗無事也，非從即橫也。橫成則秦帝，從成即楚王。秦帝，即以天下恭養；楚王，即王雖有萬金，弗得私也。"曰："善。"乃資萬金，使東遊韓、魏，入其將相，北遊於燕、趙。

"中华再造善本"丛书影印宋绍兴刻本《战国策》

邦连续十几天不理朝政，把自己关在屋里，不知道在干啥。于是满朝大臣很着急，因为皇帝要操持国家大事。但是这件事谁也不敢管，只有和刘邦一起打天下的哥们樊哙看不下去了。大家知道樊哙在和刘邦举义之前，职业是杀狗的屠夫。屠夫的性格当然不会太温和。

樊哙看到大家都不敢进刘邦的屋子，就一把推开门进去了。进去后看到什么呢？看到刘邦头枕在一个宦官的大腿上。看到了这个场景，樊哙就跟刘邦说："始陛下与臣等起丰沛，定天下，何其壮也！今天下已定，又何惫也！且陛下病甚，大臣震恐，不见臣等计事，顾独与一宦者绝乎？且陛下独不见赵高之事乎？"就是说，我们之前一起打天下的时候，是多么雄壮豪迈的一件事，如今天下安定，你就这样不见群臣，独自一人和一个宦者在一起，这样下去怎么行呢？大家注意最后一句话："且陛下独不见赵高之事乎？"他在这里举例举的就是赵高，可见在西汉初年人的眼中，赵高就是一个宦官。他们基本上是同时代的人，所以这个材料应该是比较准确的。

我们再来看一看睡虎地秦简到底讲的是什么内容。关于这个问题，大概有两条简文提到，这两条简文都是关于秦的法律文书。大家知道在汉文帝废除肉刑之前，秦和西汉时期有很多残酷的肉刑，犯了罪就把人的手、脚砍掉。这些可怜的受刑之人，在刑满之后就出现了生活安置的问题。这些人的身份应该说是自由民，但是他们由于缺胳膊少腿，工作效率低下，一般的工坊主和地主当然不愿意雇佣这样的人。如果政府完全不管，他们可能就没法活下去了，所以官府设立了"隐官"这样一种抚慰设施，让这些人能有条活路，让他们有一份工钱。这里的"隐"是取"恻隐之心"中"隐"的意思，是说官府怜悯这些人，所以设置的一种制度，不是隐藏的"隐"的意思。

所以我可以很确信地说，"隐官"跟赵高的出身没有任何关系，那么赵高的出身到底是什么？我也没有特别明确的认识，我只能说点我大概的猜想。怎么猜想？我只能通过《史记》的记载来归纳总结。从"高昆弟数人，皆生隐宫，其母被刑僇，世世卑贱"这句话，我归纳出几点。第一，赵高和他的兄弟没生在家里而是出生在"隐宫"，是由于"其母被刑僇"，也就是他的老妈犯法受惩治，官府不让她在家生孩子。第二，赵高母亲犯罪以后，她仍然可以生育，但生育的孩子是养在特定的一个叫"隐宫"的地方，这个地方形象地讲，可以理解为朝廷特设的一种"月子中心"，只是这种"月子中心"比较残忍，孩子一生下来就成为朝廷的官方奴隶。

这个"隐宫"是和"显宫"相对的一个概念，是指他们都是低贱的家奴。不是之前很多人的说法，他们认为由于"其父犯宫刑"，才连累老婆孩子都被"没为官奴婢"，而在被"没为官奴婢"之后，赵高的老妈又偷偷摸摸和莫名其妙的人"野合"，这样"野合"后生下来包括赵高在内的所有孩子，都冒用原夫的姓氏而姓了"赵"。这样的说法是不大合情理的。《史记·蒙恬列传》明确记载说赵高的血缘是"诸赵疏远属也"，是和赵氏王室离得比较远的赵家人。

另外，出生于"隐宫"的赵高兄弟，不仅本人如李斯所说是"贱人"，而且是"世世卑贱"，这说明朝廷是鼓励他们这样的人娶妻生子的。所谓"世世卑贱"，我的理解就是要让他的子孙都承袭这样一个自由民身份之外的、具有官方性质的奴隶身份。

对此，我只能归纳出我的一点看法。第一，这种"世世卑贱"的人，只能是一种奴隶。具体地讲，是大秦帝国的国家奴隶。当然在"家天下"的秦朝社会，也可以说是当朝皇帝的"家奴"。第二，让这种奴隶为国家繁殖小奴隶，世世代代，永相承续，是符合大秦帝国国家利益的，所以朝廷不仅不会禁止，还会鼓励他们生育后代。第三，赵母因触犯秦法所遭受的惩处，应当是将其子嗣统统收入"隐宫"，罚做这种"世世卑贱"的奴隶。

这不是一个非常完美的结论，但是研究历史就是这样，只能根据已有的材料做出一些推断。当然，现在也出土了一些秦代的简牍档案，也许可以找到一些佐证以上推断的材料，但由于我本身对这类简牍实不太感兴趣，所以就没有再深入地研究了。

这样看来，官府并没有对赵高施以宫刑，但上面我谈到，他后来又确确实实地成了一位宦官，那么，到底是作为官奴的他又犯了什么罪，才受到去除其势的惩处呢，还是朝廷正好需要一名像他这样"精廉强力"的宦官呢？或者说，赵高认为在宫里侍奉皇帝及其嫔妃要比在宫外做奴隶更为安逸，因而挥刀自宫了呢？这些我也都完全无从稽考。

我今天想讲的内容大概就是这些，就简单讲到这里。

2019 年 5 月 12 日下午讲说于深圳大学科技楼二号报告厅

谈谈"始皇帝"的谥号性质

今天在这里做的这个讲座，是"伯鸿讲堂"的一部分。命名这个讲堂的"伯鸿"二字，取自浙江桐乡近代历史文化名人陆费逵先生的字，用以纪念他创办中华书局的丰功伟绩。

不过，具体讲述的题目不是直接与他相关，而是与他的四世祖、《四库全书》总校官陆费墀先生有关。陆费墀先生当然更是桐乡历史上大名鼎鼎的文化名人。

陆费墀先生编著过一部很有用的工具书，不管对专业的文史研究者，还是对业余的文史爱好者，都很有用，现在还没有什么同类的著述能够取代它。这部书就是《历代帝王庙谥年讳谱》，一一开列各个帝王的庙号、谥号、人名、历年、纪元、所葬陵墓和所讳改之字。

这部书旧时最常见易得的版本，就是中华书局编印的《四部备要》的排印本，好像现在没有什么新印的单行本。要真是这样，我想，中华书局似乎很有必要重印一个单行本，既可满足社会的普遍需求，也是对陆费逵先生和他的先祖陆费墀先生

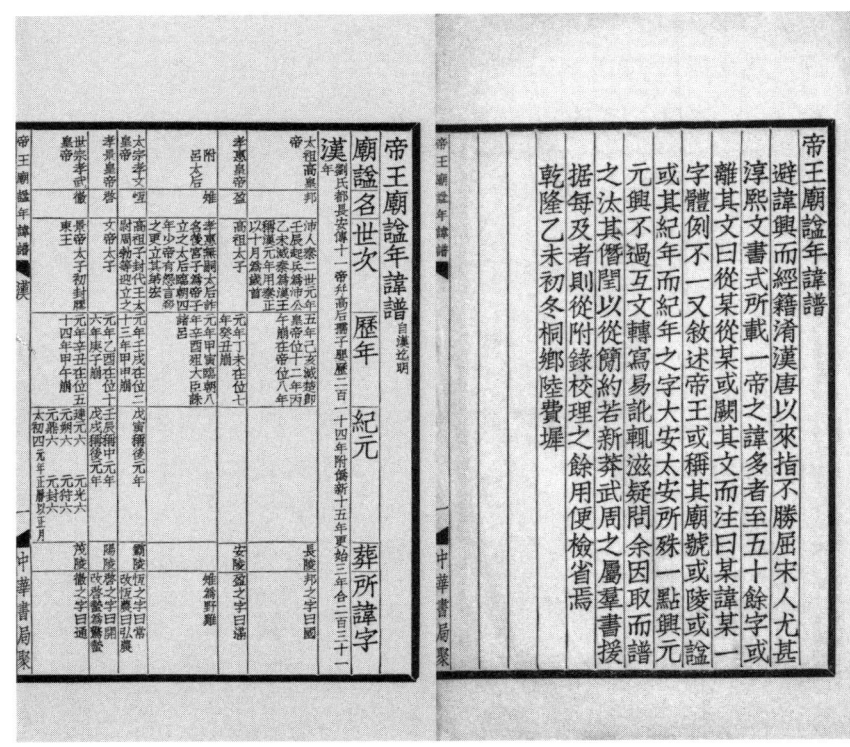

帝王廟諡年諱譜

避諱興而經籍淆漢唐以來指不勝屈宋人尤甚
淳熙文書式所載一帝之諱多者至五十餘字或
離其文曰從某或闕其文而注曰某諱某一
字體倒不一又敘述帝王或稱其廟號或陵或諡
或其紀年而紀年之字大安太安所殊一點與元
元與不過互文轉寫易訛輙滋疑問余因取而譜
之汰其僭閏以從簡約若新莽周之屬羣書援
据每及者則從附錄校理之餘用便檢省焉
乾隆乙未初冬桐鄉陸費墀

帝王廟諡年諱譜　自漢訖明

廟諡名世次	歷年	紀元	葬所諱字
漢　刘氏都長安傳十一帝并諸子惡歷二百二十四年附僭新十五年更始三年合二百三十一			
太祖高皇帝邦		元年乙未在位十二年	長陵邦之字曰國
孝惠皇帝盈		元年丁未在位七年	安陵盈之字曰滿
呂太后　附　雉		元年甲寅臨朝八年	雉爲野雞
孝文皇帝恆		元年壬戌在位二十三年	霸陵恆之字曰常
孝景皇帝啓		元年乙酉在位十六年	陽陵啓之字曰開
世宗孝武皇帝徹		元年辛丑在位五十四年	茂陵徹之字曰通

民国《四部备要》本《历代帝王庙谥年讳谱》

一份很好的纪念。

现在进入今天的主题——谈谈"始皇帝"的谥号性质。陆费墀先生的《历代帝王庙谥年讳谱》，载录的范围是"自汉迄明"，并没有汉代以前的内容，当然也就没有表述秦朝的皇帝是否存在谥号这一问题。我在读史治史的过程中常常翻检陆费墀先生撰著的这部书，留意到书中避而未载秦代的情况，而看此前两周时期的王侯似乎都有谥号，这才促使我最近在研究秦始皇和他所创立的大秦帝国时，很自然地对"始皇帝"这一名号的性质做出一番探索，辨明这一名号应属一种与谥号相当的用法，是一种谥号性质的称谓。

我把这一认识，写入了最近刚刚在中华书局出版的《生死秦始皇》一书。

那么，谥号的性质是什么呢？《逸周书·谥法》篇阐释说："谥者，行之迹也。"《礼记·乐记》也载述说："闻其谥，知其行。"也就是给予一个人什么样的谥号，要根据他一生的行迹，也就是行为来确定。人活一世，做过的事儿不只一件两件，前前后后，其所作所为，往往也不尽统一，会有一些变化；甚至在极特殊的情况下，也许还会出现放下屠刀、立地成佛的奇迹，即已截然判若两人。

所以要想合理地评定一个人的行迹，需要通观其一生，做出综合的考虑，所谓"盖棺论定"，体现的就是这个道理。这意味着一个人的谥号，只能在他死后才可拥有，而这个谥号是什么，完全是由他人评定的，谥号的所有者当然不能未死先知。

　　我认为，"始皇帝"是一种具有谥号性质的称谓，主要指的就是这一点。这就意味着只有在这位暴虐的皇帝死后，才会出现"始皇帝"的叫法。

　　可是，在中国，人们当下的认识又是怎样的呢？我想，各级学校的教科书大体可以代表其一般状况。

　　在 2016 年中华人民共和国教育部审定的义务教育中学历史教科书《中国历史（七年级上册）》中，清楚地写有"嬴政自称始皇帝"这样的说法。大家千万不要以为这是因为中国古代史相关领域的专家没有人做出明确的讲述，编基础教育教材的人又无法回避，才对付着给出的说法。让我们再看一下翦伯赞先生主编的大学中国通史教材《中国史纲要》，这可是当前中国大陆最为权威的大学历史教科书，其中的秦汉史部分，还是由北京大学非常著名的中国古代史权威教授田余庆先生执笔撰写的，这部书中就明确写道："（秦）统一战争结束后，秦王政已着手进行集中权力的活动。他兼采传说中三皇、五帝的尊号，宣布自己为这个封建统一国家的第一个皇帝，称始皇帝，后世子孙世代相承，递称二世皇帝、三世皇帝。"若是转换一个角度，按照常理做一下猜想，编制上述中学教材的基础，恐怕应该是像《中国史纲要》这样的大学教科书；也就是说，正是因为先有了《中国史纲要》，才会后有教育部组织相关学者编写、审定的中学课本——根源还是出自大学者的研究和表述。另外，在当今中国大陆最通行的中国历史年表——方诗铭先生著《中国历史年表》上，也清清楚楚地标明："秦统一全国,秦王政称始皇帝。"

这意味着什么?意味着在中国的学术界和一般知识层面,都把"始皇帝"作为秦王政二十六年(前221)甫一兼并天下就开始采用的一种"自称",或者是当时天下各地通行的用法。这就与人死之后才有可能行用的谥号大相径庭了。

各种教科书里都这么写,"老师"们也都照本宣科这么讲。那么,我为什么又要琢磨它不是这么回事儿呢?这就是我在翻阅《历代帝王庙谥年讳谱》的过程中,不知不觉地思索谥号制度的演变过程,胡乱想着就想到,这一制度演变到秦代,出现了一个断层:秦始皇创建大秦帝国之后,突然冒出来个前所未有的"皇帝",可是相传已久的天子谥号却失踪不见了。这是为什么呢?这一现象的背后,究竟原因何在呢?

历史学是一门人文学科,而人文学科研究的方法,往往具有很强的个性化特点,在一定意义上也可以说一个人有一个人的做法;至少我是从来不相信那些所谓国际潮流、世界趋向同我个人的研究有什么直接关系的,我只是想用自己喜欢的方法来研究自己感兴趣的问题。我做研究,一直偏重解决那些很基本的问题,强调首先辨析清楚这些基本问题,在此基础上再揭示这些现象背后的历史缘由。在过去所做的研究中,中华书局帮助我出版的《建元与改元》一书,就比较充分地体现了我这样的研究特点。

在我看来,这些人们习焉不察的基本问题,在很大层面上看,都是一些更重要、更有价值的问题;至少与那些基于近现代社会科学理念提出的问题相比，要更有意义、更切合中国历史的实际，因而也就显得更实在一些。帝王谥号制度在秦朝的戛然中止，或者说是陡然变型，似乎就是这样一个众目昭彰的问题，不容视而不见。

所谓《逸周书》，依照旧说，或谓源自西汉中秘之本，或谓西晋时出自汲冢；或以为周人旧典，或以为战国以至更晚时人纂辑。现在结合新出土文献来做分析，至少其中很大一部分内容，应有很早的渊源，信非向壁虚造之书。《逸周书》中的《谥法》篇，宣称谥法是周公旦与太公望所制定的制度，乃其二人为周天子"开嗣王业"，也就是他们两个人在周人灭商之后所创建的西周国家典制的一个重要组成部分（《逸周书·谥法》篇首序说），后世则名之曰"周公谥法"。

核诸西周以来谥号制度产生和演变的实际情况，我觉得《逸周书·谥法》这一说法是具有很大合理性的。

彭裕商先生研究谥号的起源（见所撰《谥法探源》一文，刊《中国史研究》1999 年第 1 期），指出大致是从商王文丁之世时起至商末的帝辛，殷人即把一些带有褒美之意的文词添置于先王日名之前，如武丁、康丁、武乙、文武丁、文武帝乙等，这具备了一些后世"谥法的基本特征"，因而这一时期可以认为是"谥法开始形成的时期"，或称之为"谥法的早期阶段"。

这样的认识，固然很合理，也很重要。不过，在这里我想对这一认识稍微再做一点补充说明，谈谈自己读后的想法。

制謚叙法謚者行之迹也號者功之表也車服位之

章也〔古者有大功則〕是以大行受大名細行受小名〔善號以為福也〕

行出於己名生於人〔號謚所稱得人所得別得簡〕一人無名曰神〔不名一善稱善〕

□簡曰聖〔得實所別得簡〕敬賓厚禮曰聖〔禮於神也〕仁義所在曰王〔民德象〕

天地曰帝〔同於天地〕靜民則法曰皇〔靜也〕

立制及眾曰公〔志無私也〕執應八方曰侯〔所執行八方應之也〕壹

德不懈曰簡〔壹不委曲〕平易不疵曰簡〔疵多也〕經緯天地曰

文成其道〔道也〕德博厚曰文〔無不知之〕學勤好問曰文〔不恥下問〕慈

惠愛民曰文〔惠以成文也〕慜民惠禮曰文〔安人以禮錫民爵位〕

《四部丛刊初编》影印明嘉靖本《逸周书》

85

这就是彭裕商先生在研究谥法的性质和作用时，乃是援依宋人郑樵在《通志·谥略》中"有讳则有谥，无讳则谥不立"的说法，以为谥法的本质作用，是由于回避尊者名讳的原因而在其死后为他制作一个称谓的名号，或者说其本质的作用只是"为了区别已故的君上"。

这样的认识，明显不够全面，因为彭裕商先生没有能够充分关注和理解《逸周书·谥法》所述"谥者行之迹"这一定性。按照这一定性，美行予美谥，恶行得恶谥，并不只是相互区别的符号而已。正是这一特性，使得谥号成为后世历朝历代约束君主以至王公大臣的一道紧箍咒，他们当中的一些人，为珍惜身后的名声而不至于过分暴虐，甚至能适当多做一点儿善事好事。

在我看来，正因为在对谥法根本性质的认识上存在这一偏差，彭裕商先生对谥法产生年代的认识，便颇有一些模糊不清的地方。彭裕商先生否定了王国维所持周初诸王如文、武、成、康、昭、穆皆生时称号而非死后之谥的观点以及郭沫若所持谥法之兴当在战国时代的看法，以为自从西周初年的文王、武王时期起，即因袭了晚商给予先王"美号"的做法，其称谓形式已与后代谥法无别。可是，与此同时，他又提出，周人谥名最初承袭商代，只有"文""武"二字，往后逐渐增多，才逐渐进入了谥法的成熟阶段。

我觉得，这样的说法，较诸王国维先生和郭沫若先生等人昔日的认识虽然有了巨大的进步，但稍显遗憾的是，彭裕商先生并没有能够清晰、确切地说明周初文王、武王之类的称号到底是不是属于谥号，或者说它到底是给予先王的"美号"还是给已故王者确定的谥号？从而也就没有能够准确说明谥号到底产生于何时。

在这里，我们不妨先按照自然科学研究的通行办法做一个假定，即假定如《逸周书·谥法》所说，周公旦与太公望在灭商之后，即为西周王朝创制了一整套规则严整的谥法制度，而西周从开国之初就一直奉行这一制度，那么，这一制度应当存在如下两个方面的特征。

第一，通观周人一朝，其君王的谥号，应当不会重复。因为只有这样，才能体现《通志·谥略》所述"有讳则有谥"的立谥缘由，这也就是彭裕商先生所表述的"为了区别已故的君上"的立谥原则。核诸实际的情况，正是这样，两周诸王的谥号，没有一个相重的用例。这与商人先有武丁、后有武乙的情形，形成鲜明对比。谁是在依法定谥，谁是在随意给予"美号"，区别是一清二楚的。

第二，历代周王的谥号，应该能够准确体现"谥者行之迹"的原则，也就是我在前面所讲的美行予美谥，恶行得恶谥。我们看西周在共和之前即有厉王之谥，而这个"厉"字，依据《逸周书·谥法》的说明，只有"杀戮无辜"这一种寓意，别无他解（据《史记正义》附列之本），这一词义也与周厉王"暴虐侈傲"以致滥杀谤者的行事若合符节（《史记·周本纪》），怎么也没法把它解释为一种"美号"，因而能够很好地体现"恶行得恶谥"这一规则。

在此基础上看周初所施用的诸如"文""武"等谥号,虽然看似承自晚商给予先王的"美号",但不仅西周王朝,在中国后来的历史上,历朝历代,凡开国之初,类多所谓英主,所得自然多属"美谥",故西周施用文王、武王之类的谥号是很自然的,这并不意味着一定是在沿承商人给予先王"美号"的做法,从其并无重复使用这些具有美意的词汇,亦即每一个称号都是独一无二的这一点,也可以佐证这是与商人所给予先王"美号"不同的另一种性质的名号。

如果我们以彭裕商先生的研究为基础,把商代后期那些冠加于先王日名之前的褒美之词看作一种处于萌芽状态的谥号的话,那么,在此基础上再把周人诸如文王、武王、厉王等名号前后对照,相互比衬,正可清楚地显示出"谥者行之迹"这一特性,而这也应该是从西周开国之初就定好了的国家体制。

总之,综合上述两个方面的特征,应该能够认定,谥号制度创设于西周初年,至少根据目前所掌握的材料,我们并没有理由否定这一点。

清楚认定这一史实之后,接下来我们再来谈谈周人创设这一体制的历史意义。像这样给死人定个名号,并把它称作谥号,或许有人会觉得也算不上多大的事儿,可是我们若是纵览历史发展的大趋势,在一个时代的大背景下看待这一问题,情况可能就不这么简单了。

王国维先生对谥号制度发生缘起的看法虽然不够准确,但若要更深一层地认识这一问题，则不能不提及王国维先生写下的名作《殷周制度论》。在这篇文章的开头，王国维先生写道："中国政治与文化之变革，莫剧于殷周之际。"这是一个非常著名的论断，充分显示出一代大师的高见通识。我想，若是以这一论断为基础，在商周大变革的政治背景和文化背景下来审视谥号的起源和发展问题，就会更容易理解，由商人给予先王的所谓"美号"到周人开启一种全新的谥号制度，这正是王国维先生所说殷周之际历史巨变的一项重要而且显著的要素；同时，这也应该是所谓周公"制礼作乐"的一项重要内容。

当年周公制定的这套礼乐文明制度，至秦代，很多方面都发生了根本性转变。盖如《史记·秦始皇本纪》所记：

> 始皇推终始五德之传，以为周得火德，秦代周德，从所不胜。方今水德之始，……更名河曰德水，以为水德之始。刚毅戾深，事皆决于法，刻削毋仁恩和义，然后合五德之数。于是急法，久者不赦。

对这里所说的"合五德之数"，唐人司马贞在《史记索隐》中解释说："水主阴，阴刑杀，故急法刻削，以合五德之数。"在当时人看来，金、木、水、火、土"五行"主宰着天地万物的命运，所谓"五德"只是"五行"的一种体现形式，是体现金、木、水、火、土"五行"的五种"德运"。《史记·秦始皇本纪》所说"终始五德之传"，是指"五行之德始终相次也"

（司马贞《史记索隐》语），就是所谓"五行之德"冥冥之中自然运转的规律。因而秦始皇依照这一规律确立的管民理政的根本纲领，即所谓"事皆决于法""急法刻削"，以刑杀的手段血腥控制民众，也可以说是全面建立起一个"法制"社会。

所谓"法制"社会，自然是相对于"礼制"而言，其具体背景便是周公创建的礼乐制度。尽管大秦帝国也不是没有礼制建设，譬如叔孙通所代表的那一批"博士"，在很大层面上，就是以儒家所专擅的礼学服务于朝廷，然而由周入秦，传统的礼制毕竟发生了很大变更。

在这一背景下，我们看秦始皇创制"皇帝"这一名号的经过以及所谓"始皇帝"的性质到底是什么：

> 秦初并天下，令丞相、御史曰："……寡人以眇眇之身，兴兵诛暴乱，赖宗庙之灵，六王咸伏其辜，天下大定。今名号不更，无以称成功，传后世。其议帝号。"丞相（王）绾、御史大夫（冯）劫、廷尉（李）斯等皆曰："昔者五帝地方千里，其外侯服夷服，诸侯或朝或否，天子不能制。今陛下兴义兵，诛残贼，平定天下，海内为郡县，法令由一统，自上古以来未尝有，五帝所不及。臣等谨与博士议曰：'古有天皇，有地皇，有泰皇，泰皇最贵。'臣等昧死上尊号，王为'泰皇'。命为'制'，令为'诏'，天子自称曰'朕'。"王曰："去'泰'，著'皇'，采上古'帝'位号，号曰'皇帝'。他如议。"制曰："可。"追尊庄襄王为太上皇。制曰：

談談"始皇帝"的諡號性質

> "朕聞太古有號毋諡，中古有號，死而以行為諡。如此，則子議父，臣議君也，甚無謂，朕弗取焉。自今已來，除諡法。朕為始皇帝。後世以計數，二世三世至于萬世，傳之無窮。"
>
> （《史記·秦始皇本紀》）

文中所說"皇帝"名號產生的緣由和過程，只是我們在這裏討論"始皇帝"一稱時需要了解的背景，因而不必多予解說。

具體看"朕為始皇帝"這一說法，有些人或許以為這不清清楚楚地寫着秦王趙正（即舊史所謂"嬴政"）從此開始就自稱"始皇帝"了嗎？前面一開始我講教育部審定的中學歷史教材謂"嬴政自稱始皇帝"，田余慶先生講秦王政"宣布自己……稱始皇帝"，應當都是這樣來理解《史記·秦始皇本紀》的。

那麼，這樣的理解是不是合適呢？也就是說，這樣的理解到底對不對呢？讓我們一道來仔細通讀一下上面引述的《史記·秦始皇本紀》，我想，絕大多數朋友，恐怕是不會認同這種解讀的。

這是因為秦王趙正宣布"朕為始皇帝"的前提和出發點，明明是他"聞太古有號毋諡，中古有號，死而以行為諡。如此，則子議父，臣議君也，甚無謂，朕弗取焉"，即他不能容忍在其身後，按照西周初年以來的定例，由自己的兒子和滿朝大臣來評定其一生的功過是非，"以行為諡"。

為什麼呢？像西周的開國君王文王、武王，不都是蠻不

91

错的谥号吗？他手下丞相王绾、御史大夫冯劫、廷尉李斯等那一班大臣，不是说他"兴义兵，诛残贼，平定天下，海内为郡县，法令由一统，自上古以来未尝有，五帝所不及"吗？就在死前不久，当他东南巡行，至浙江绍兴一带，也就是秦朝会稽郡时，随行臣子们在会稽山上立石刻铭，颂扬秦德，不是也说他"圣德广密，六合之中，被泽无疆"吗？他能不在人世间留下个好谥号吗？

要是臣子们在其死后仍然能够像他活着的时候一样如此这般地歌功颂德，那他当然是高兴的。可是，这位暴君就是再坏，但确实不傻。他要真是傻瓜，就不会在战国乱世中脱颖而出，灭除群雄，兼并天下了。

赵正心里明明白白：周公制定的这个谥法，其最实质性的作用，在于通过"谥者行之迹"这一原则，来规诫和约束君王，让他们对自己的行为负责，不要把坏事儿做绝，并尽可能做一些利国利民的好事儿。可是，他自己所作所为的真实情况是怎样的呢？前面已经谈到，赵正这位"始皇帝"依据天运所确立的治国大纲，就是以严刑峻法来控制社会、压制异己的言行，所谓"焚书坑儒"就是其中最显昭彰的事例。

在思考这一问题时，我必须再一次强调指出，谥号是根据谥法来拟定的。秦始皇赵正在决定废除谥号制度时，还特地说明要"除谥法"，南朝刘宋时人裴骃撰著的《史记集解》，清楚指出，这里所说的"谥法"，乃"周公所作"，这也就是前述《逸周书》中《谥法》篇。在这里还要一并指出，周公《谥

92

法》的严肃性，也是不容妄自背离的。赵正担心的是，自己两手一撒之后，后嗣和臣子依据他的行迹来给他拟定谥号。因此，要是真的盖棺定谥，赵正这位天天操弄刑杀的暴君，当然不会得到诸如文帝、武帝这样的好名，一定是一个类似"厉帝"的恶谥。

关于周公《谥法》在确定谥号方面的严肃性，我们可以举述汉宣帝为其祖父卫太子所拟定的谥号"戾"字来说明这一点。卫太子因为对乃父汉武帝施行巫蛊之术，以诅咒其速死，事情败露后，他先是擅自杀掉汉武帝派去侦察其事的特使江充，继之又不得不铤而走险，举兵叛乱，最终兵败自杀。汉宣帝登基称帝后给他的祖父确定谥号，在主观感情上，当然不会愿意给予卫太子恶谥，可是这个"戾"在《谥法》中的定义，乃是"不悔前过曰戾"，应该说是一个地地道道的恶谥。汉宣帝这样给他的爷爷定谥号，原因无他，是不得不遵行《逸周书·谥法》所确立的"谥者行之迹"的原则，亦即"大行受大名，细行受小名。行出于己，名生于人"（《逸周书·谥法》）。这一原则，缘于周公创制谥法的目的，是为了维持朝政的平稳运作，也就是维护整个国家的安全稳定，故"虽孝子慈孙，百世不能改也"（清计大受《史林测义》卷八"戾太子据、田千秋"条）。要是没有这种不可突破的约束，几乎所有的谥号都是出自子议其父，即便出于孝道，也得给老父亲弄个"美号"，大家全都差不多，那还搞这个谥号制度干什么？

正因为"名生于人"的依据是"行出于己"，而赵正又深知自己的实际"行迹"是绝不会得到什么美名佳号的，所以他才要彻底废除周公定立的谥法，不再由后嗣臣子议定已故帝王的谥号。

可是如前所述，除了体现已逝尊者的"行迹"用以昭示后人之外，谥号制度从其最初定立的时候开始，就还有另一重功能，这就是《通志·谥略》所说"有讳则有谥"，也就是在一位尊者离世以后，给他选定一个独享的名号，这样，既避开了生前的名讳，又能够使这些亡灵彼此之间有所区别，不至于相互混淆。若是完全废掉谥号不用，那么，又该怎样称呼死去的皇帝呢？

赵正当然也不会想不到这一点，他设计的解决办法，就是《史记·秦始皇本纪》所说"朕为始皇帝。后世以计数，二世三世至于万世，传之无穷"。这样连贯着把《史记·秦始皇本纪》读下来，我们就很容易明白，所谓"朕为始皇帝"，是赵正讲自己去世之后，就用"始皇帝"作为取代谥号的称谓，而"后世以计数，二世三世至于万世，传之无穷"，是说后世数算他们是第几代皇帝，就依次称之为"二世皇帝""三世皇帝"，直至"万世皇帝"，这样可以一直传承到无穷远的代数，并可为其定名为"无穷世皇帝"。

这样看来，"始皇帝"以及秦朝可能出现的"X 世皇帝"以至"N 世皇帝"，虽然不是周公谥法意义上的谥号，却在很大程度上起到一种替代谥号的作用，所以我才会说"始皇帝"是具有某种谥号性质的。

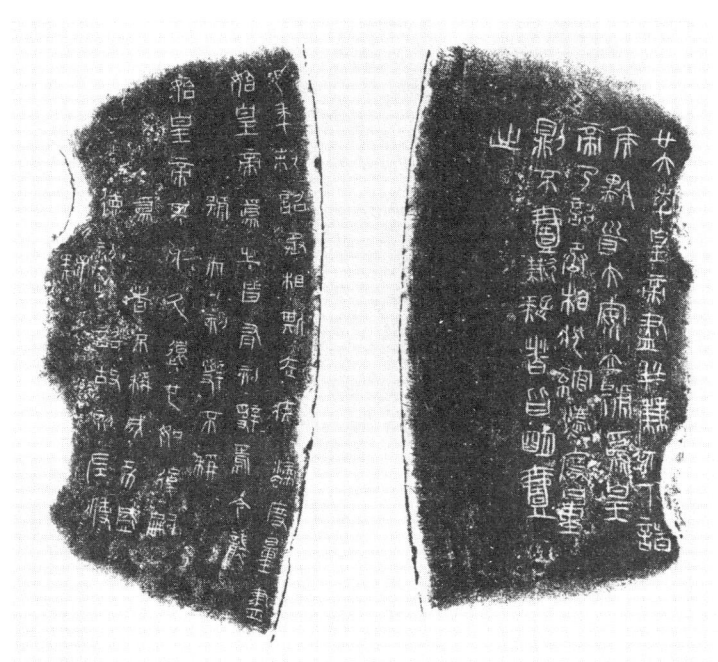

秦二世诏量铭文
（据浙江古籍出版社《陈介祺藏古拓本选编》）

大家看看、细心读书、耐心读书，一句一句地慢慢读书，
在前辈学者研究的基础上解读出一些他们没有读出的含义，或
是订正一些他们的误读误解，这都不一定是什么很困难的事
情，也不一定需要太多预备的知识，只要细心、耐心，我们就
能做到。读书学历史，读书而研治历史，有时就这么简单；我
写《生死秦始皇》所做论述，大多就这么简单，这么朴素。

不过在历史研究中，并不是简单朴素的研究只能针对具体孤立的史事得出浅薄片面的结论。如果研究者能够依托一个较为广阔的社会背景，以发展的眼光去观察一个较长时段内相关事项的演变，往往也会超越直接考察的对象，得出一些更能切入历史进程主脉的认识。

通观上述中国古代谥号制度的起源和它的演进过程，可以看到，由商入周以后谥号制度的建立以及周公所编制的谥法，这本身乃是商周间社会大变革的一个重要组成部分；换言之，谥号制度应是周代礼乐社会的一项重要内容和标志。

在这一基础上，我们再来看秦君赵正对谥号制度的废止，以及以世次冠加于"皇帝"之前来作为替代谥号的用法——这样的皇帝名号同时也就具有了谥号的性质，这实际上是对周人旧制所做的重大变革。

众所周知，秦始皇创建起统一的大帝国，对许多旧有的制度都做了重大更改，这是中国历史上的一次巨变。赵正创制的从"始皇帝"以至"万世皇帝"这一套相当于谥号的皇帝名号，虽然因秦的短祚很快就退出历史舞台，秦代的皇帝不过二世而已，但它还是作为秦朝一项新的重大创制，在历史上留下了深深的痕迹。不管它究竟是成也好，是败也罢，澄清这一名号的谥号性质，可以为我们更好地认识秦朝的历史，认识周秦之际的社会变化，提供了一项重要的观察标志。

2019 年 8 月 18 日上午讲说于浙江桐乡伯鸿讲堂

秦始皇的生死南巡

　　秦始皇三十六年（前211），对于秦始皇来说，本来似乎是一个很吉祥的年份：始皇帝给本家江山定下的"德运"之数是"六"，六六三十六，这自然是一个圆满的数目；更重要的是，从二十六年一统天下开始，到这一年，整整十年，吉祥的数目，也就愈加圆满。当时虽然还没有十年一大庆的规矩，但"十"是个整数，秦始皇要把赵家江山传之万世以至无穷，实际上只能一年一年地往前捱，先过了这个"十"，才能有"百"，有"千"，有"万"以至"万万"。

　　十年来，经过种种血腥的镇压，特别是经过所谓"焚书坑儒"运动之后，那些胆小如鼠的书生术士，再也没有人敢乱发意见了。像侯生、卢生之类，顶多也就亡命草野；当然最聪明的还要数山东人徐市了，竟然带着拨给他的几千名童男童女移民海外，自己去做逍遥神仙了。

　　好端端的日子，满把好牌手里攥着，这千世、万世的美梦做得正香香的，孰知高高在上八竿子也打不着的老天爷，精神

百衲本《二十四史》影印南宋黄善夫书坊刻三家注本《史记》

突然失常，竟然对他无端霸凌，指令"荧惑守心"。所谓"荧惑守心"，是指火星（荧惑）走着走着突然停在二十八宿之一的"心宿"那地方不动了，还不停地眨巴着眼睛往下看。现在我们知道，这本来是像火星这样的行星在其视运动轨道上有规律地发生的一种自然现象，与人事毫无关系。然而秦始皇那时候的人并不这样想，他们讲究"天人合一"，从而认为这是一种极其凶险的天象，是上天在警示人君：只有好好善待子民，才能消灾免祸。

俗话说，福无双至，祸不单行。紧接着，大白天里，老天爷又扔下一块陨石（《史记·六国年表》）。《史记·秦始皇本纪》记载：

> 有坠星下东郡，至地为石，黔首或刻其石曰"始皇帝死而地分"。始皇闻之，遣御史逐问，莫服，尽取石旁居人诛之，因燔销其石。始皇不乐，使博士为《仙真人诗》，及行所游天下，传令乐人歌弦之。

所谓"黔首"，就是满面灰土的老百姓，而"地分"是指要分裂国家。其时，普通百姓应不会产生如此念头。因此，所谓"黔首或刻其石"云云，一定是有六国旧贵族等各种势力在策动。自从那些书生术士吓破胆，再也不敢说话以后，还想蠢蠢欲动的就只有这些旧贵族了，而这些人正是秦始皇的心头大患。他们充分利用自己在各国旧地的影响，煽风点火，蛊惑人心，譬如什么"楚虽三户，亡秦必楚"之类的话，就明显是挑动群众造反的政治谣言。

千古一帝就是千古一帝，不会轻而易举地被这些小儿伎俩吓破胆。你在陨石上刻字，我一把火就烧了它（当然这不太容易，因为是陨石，经历过更高的温度，估计石头是烧不坏的，恐怕只能烧黑了"黔首"刻上的那七个字），再派遣官府的乐工歌手，到全国各地演奏歌唱《仙真人诗》，让人们明白他是会一直长生不老的，绝不会因为无知小民的诅咒就撒手人寰。

麻烦的是，这次的灾祸来头太大，是上天直接显示儆意，因而不只是"不单行"而已。危险的信号，接二连三。在这一年的秋天，有一位来自关东的神秘人物，带来一个神秘的信息："明年祖龙死。"（案：这句话，现行《史记》作"今年祖龙死"，实误，我另有考证）这"祖龙"，显然指的就是秦始皇。这位神秘人物同时带来的，还有秦始皇二十八年赵正出行渡过长江时沉入江中的一块玉璧。这更清楚地显示出"明年祖龙死"这句话是直接冲着秦始皇来的。

另一句俗话说："事不过三。"事情到了这个地步，就是雄才大略的秦始皇，也实在有些心慌意乱了。既然天示儆意，那么由上天来指引走出迷津要好一些。于是，他只好占卜问卦。结果是，"卦得游徙吉"（《史记·秦始皇本纪》）。"卦得游徙吉"这话是针对所有问卦者讲的，但普通人的"游徙"，皇帝若是做起来，就是"巡视"了。也就是说，占卦的结果，是离开京城，到外边去巡视一番，就可以化凶为吉了。

秦始皇的决定，是在下一年，也就是秦始皇三十七年十月癸丑，即大年初三这一天（当时以十月为"岁首"，也就是一年开头的月份），踏上视察东南会稽的路程。

当时的情况，真是走也不是，不走也不是，左右为难，最后还是不得不踏上了这条不归之路。留在咸阳城里不动，死亡迫在眉睫，是坐而等死，可是外出躲避这场灾难，也必定是一次凶险的旅行。

由于一直有分裂势力对秦始皇建立的统一伟业恨之入骨，他们便试图铤而走险，对其行刺。最早出面的，当然是燕国派来的那个亡命之徒荆轲。接下来，咸阳秦宫虽然混不进来了，但每当秦始皇外出巡行，就会有不逞之徒，伺机作案。秦始皇二十九年那次东巡，就有凶犯在阳武博浪沙对其设伏（《史记·秦始皇本纪》）。实际上这次伏击是由韩国旧贵族张良招徕刺客并亲自参与其事的。张良招徕的这位刺客"为铁椎重百二十斤"，本来是足以一椎致命的，只是仓促中没看准目标，"误中副车"，秦始皇才幸免于死（《史记·留侯世家》）。至三十一年，秦始皇在咸阳城附近游玩，又被暴徒围困在一个叫作兰池的地方。多亏随行的安保人员得力，才勉强突围脱险（《史记·秦始皇本纪》）。可想而知，在这种情况下，出行避险，并不安全，遇刺亡命，绝不是什么小概率事件。

除了个人的性命之忧以外，还有赵家江山的危难。盖当时颇有预兆，显示"东南有天子气"（《史记·高祖本纪》）。这性质实际上是更加严重的。如果仅仅是自己死了，身后还有秦二世皇帝、三世皇帝以至万世皇帝，可要是另有别家"天子气"冒将出来，弄得社稷覆亡，连个祭祀他的后人都剩不下来，岂不悲哉！岂不哀哉！

所以，即使路途充满凶险，也只能冒险出行，而巡视的地点，只能是"有天子气"的"东南"地方，用在位的天下第一真天子去压压蕴藏在那里的"天子气"——这个地方就是今天的浙江、秦始皇时代的会稽郡。

路上确实不太平。就在南巡的秦始皇来到会稽，渡过浙江的时候，挤到路边看热闹的项羽，一看到他那关中人的长相，便很是看不起，心里的话脱口而出："彼可取而代之也。"吓得他叔叔项梁，急忙捂住他的嘴巴说："毋妄言，族矣！"（《史记·项羽本纪》）

为了发挥更强的震慑作用，秦始皇指使丞相李斯，写下一篇很长的铭文，镌刻到会稽的山上。遗憾的是，所刻文字是李斯帮他制作的小篆，而会稽那里原本是越人的地方，汉字本来就不大认识，李斯新创的小篆，曲里拐弯的，他们更不认识，实际上没能发挥多大作用。后来，项梁、项羽叔侄在这一带鼓动百姓造反，最后项家人毁掉了赵家的宗庙社稷。

因为怕死，秦始皇才南巡会稽。因此，他很想通过这次出巡，彻底攘除前一年的种种不祥之兆。于是，在北返咸阳的时候，秦始皇做出了导致他丧身殒命的最坏选择：不坐车，改乘船，从长江口起，一路行船北上到今山东半岛的齐国故地，希望能亲自找到海上的仙山，觅得长生不死的仙药。结果，大家都知道了，这一路波涛颠簸，竟折磨得他一病不起，上岸没走多远，就死在了路上（关于这一点，我收在《旧史舆地文录》里的《越王勾践徙都琅邪事析义》这篇文章已有详细论述，感兴趣的朋友可参看）。这真是：是福不是祸，是祸躲不过。

2018 年 10 月 25 日

那条并不平直的直道
——"秦直道"丛书出版感言

王子今先生主编的"秦直道"丛书，近日由陕西师范大学出版总社出版，嘱咐我写一点阅读的感想。

这套丛书皇皇八大册，由《秦直道与长城——秦的两大军事工程》《秦直道道路走向与文化影响》《岭壑无语——秦直道考古纪实》《秦直道考察行纪》《秦始皇直道考察与研究》《秦直道与汉匈战争》《秦直道线路与沿线遗存》《秦直道研究论集》诸书构成，书名就显示出这套丛书已经涵盖了与秦直道相关的种种历史问题，可谓洋洋大观，一定会有许多新的收获，只是短时间内，是怎么读也读不过来的。

反正也读不过来，就干脆暂时"束书不观"，简单谈谈我对秦直道的一点直观印象，以示附丛书诸位作者之后继续关注这一问题的心愿和我对王子今先生以及诸位作者的敬意。

历史文献中有关秦直道的直接记载相当有限，而且最重要的内容，都集中在司马迁的《史记》当中，其文字之简，甚至可以用"寥寥数语"来形容。这种情况，表明研究相关问题的困难程度和复杂性，也显示出出版这套"秦直道"丛书的重要性以及王子今先生和丛书诸位作者所付出的积极努力。

我理解，研究秦直道问题的复杂性，主要是对这条道路经行地点的复原，因为《史记》仅记载这条直道是南起云阳甘泉宫，北抵黄河边上的九原郡，在云阳和九原之间到底具体经过了哪些地点，则完全没有提及（《史记·秦始皇本纪》《史记·匈奴列传》《史记·蒙恬列传》）。

为了对这条古道做出更加清晰的复原，近三四十年来，各方面学者便竞相在相关地域从事考察和考古发掘工作，试图通过历史的遗迹，做出确定的解答，其成果也得到了很多学者的认同。

过去我在《秦汉直道研究与直道遗迹的历史价值》（收入拙著《秦汉政区与边界地理研究》）一文中曾经谈到，就当时我所看到的情况而言，不管是对历史文献记载的分析，还是相关的野外考察和考古发掘成果，似乎仍不足以最终确定直道的具体走向。现在，要想从根本上改变这种状况，恐怕仍然存在很多困难。

具体的问题谈不了，只好空泛地讲一讲我对秦直道历史意义的认识。

在《秦汉直道研究与直道遗迹的历史价值》这篇小文中，一开篇，我就写道："直道是秦始皇统一全国后，在秦始皇三十五年修筑的一条重要战略通道，用以连接都城咸阳与北部边防前沿。直道对于巩固和建设秦朝北方边防地区的作用，犹如灵渠对于秦朝经营岭南地区的作用一样重要。"这是一种肯定的判断，是完全站在秦朝一边，或者说是完全站在维护中原汉族政权最大利益的立场上所讲的话。若是转换一个角度，站在第三者立场上重新审视这一问题，却可以得出不同结论。

由此更进一步，让我们站在人类正义的立场上，投以现代文明的眼光，则很容易就可以看出，与直道直接相连的这一段秦朝北部边防线，本是秦始皇对外侵略扩张的产物。

始皇二十六年（前221），秦这个经济、文化都很落后的西鄙边邦，在通过血腥的屠杀兼并崤山以东各个文明国家之后，"分天下以为三十六郡"，从而"海内为郡县"，据有"东至海暨朝鲜，西至临洮、羌中，南至北向户，北据河为塞，并阴山至辽东"的辽阔国土（《史记·秦始皇本纪》）。其中"并阴山至辽东"的北方边界线，应该是连缀秦、赵、燕三国旧有的长城而成，而秦、赵、燕诸国这道北边长城，本来就是这三个诸侯国向北开拓疆土的结果，而不是皇天上帝赐予华夏诸国使其"自古以来"就拥有的领地。

《史记·匈奴列传》记其缘起云：

> 秦穆公得由余，西戎八国服于秦，故自陇以西有绵诸、绲戎、翟、獂之戎，岐、梁山、泾、漆之北有义渠、大荔、乌氏、朐衍之戎。而晋北有林胡、楼烦之戎，燕北有东胡、山戎。各分散居溪谷，自有君长，往往而聚者百有余戎，然莫能相一。

　　自是之后百有余年，晋悼公使魏绛和戎翟，戎翟朝晋。后百有余年，赵襄子逾句注而破并代以临胡貉。其后既与韩魏共灭智伯，分晋地而有之，则赵有代、句注之北，魏有河西、上郡，以与戎界边。其后义渠之戎筑城郭以自守，而秦稍蚕食，至于惠王，遂拔义渠二十五城。惠王击魏，魏尽入西河及上郡于秦。秦昭王时，义渠戎王与宣太后乱，有二子。宣太后诈而杀义渠戎王于甘泉，遂起兵伐残义渠。于是秦有陇西、北地、上郡，筑长城以拒胡。而赵武灵王亦变俗胡服，习骑射，北破林胡、楼烦。筑长城，自代并阴山山下，至高阙为塞。而置云中、雁门、代郡。其后燕有贤将秦开，为质于胡，胡甚信之。归而袭破走东胡，东胡却千余里。与荆轲刺秦王秦舞阳者，开之孙也。燕亦筑长城，自造阳至襄平。置上谷、渔阳、右北平、辽西、辽东郡以拒胡。当是之时，冠带战国七，而三国边于匈奴。其后赵将李牧时，匈奴不敢入赵边。

　　所谓"冠带"之国向北方侵略扩张的经过历历在目，司马迁实录其事，没有任何曲笔讳饰。这些诸侯国北扩边界的行为，实质上和战国时期中原列国之间攻城略地的吞并是没有任何区别的，都是在依靠野蛮的武力来压缩别人的生存空间，从而扩大自己的生存空间。

　　在普通百姓看来，秦始皇取得的地盘本来已经很大。自盘古开天地以来，轩辕黄帝，神尧圣禹，以至殷高宗、周武王，孤家寡人君临的天下，从来也没有这么广，就像这位始皇帝在琅邪刻石中洋洋得意地讲道:"人迹所至，无不臣者。功盖五帝，泽及牛马。"看起来他也该心满意足了吧！

可是始皇帝的想法，显然和百家姓中其他人家的人大不相同，他也丝毫不会体恤民情民意，如同奉迎其意争当鹰犬的李斯所讲的那样:"地广者粟多，国大者人众。"(《史记·李斯列传》)司马迁在《史记》中评价秦始皇说:"自以为功过五帝，地广三王，而羞与之侔。"(《史记·秦始皇本纪》)虽然这话主要应该是就其创制"皇帝"名号一事而言，但名与实两相对应，循名责实，论其统治地域之广，当然也是多多益善，地更广，国更大，岂不更能彰显这位始皇帝超迈于三皇五帝的功绩?

人的行为，都是源自他的心性。西汉的贾谊，说秦始皇"怀贪鄙之心，行自奋之智"(《过秦论》)，这是对其心性的绝佳概括。既贪且鄙，还自以为是，才会做出种种出乎常人意料之外的荒唐事儿来。

从秦始皇二十六年，到秦始皇三十二年，身居咸阳城里享用这一统江山刚刚六年，秦始皇就又兴师动众，为自己开拓更多的疆土。在这一点上，后来的暴君，步其后尘者史不绝书，盖贪鄙的本性使之而然。这本来并不奇怪，然而令人感到十分惊诧的是，秦始皇此举，竟然是缘自江湖骗子编造的一条谶语。

当时有一位燕国故地的术士——卢生，受命安排人出海，为始皇帝寻觅仙人不死之药。这个使者航海归来时，"以鬼神事，因奏录图书，曰'亡秦者胡也'"(《史记·秦始皇本纪》)。这里所说的"图书"，就是一块载录有图形和谶语的符牌，而"亡秦者胡也"，是说大秦帝国将被"胡"灭掉。这种"鬼神"之事，实在说不清、道不明，信则有，不信则无，而且模棱两可，怎么解释都行。骗子们混吃混喝，古往今来都是一样的把戏，但这对于正醉心于皇帝威权之中的秦始皇来说，如五雷轰顶，一定要设法解除这个飞来的横祸。

秦始皇把这个有可能灭亡秦国的"胡"，理解为北边塞外的"胡人"，也就是匈奴。关东六国之师都被他统统灭掉了，对匈奴同样可以重施兵威；即使一时灭不掉，也可以把它赶得远远的。这样，大秦的江山社稷就不可能被它灭掉。

于是，秦始皇便指令蒙恬带着三十万大军，浩浩荡荡地跨过原秦、赵北边长城，把那些匈奴人从他们一直放马牧羊的地方远远驱赶开去。这场拓边战事，从秦始皇三十二年开始，持续到秦始皇三十三年才结束。同时在始皇帝三十三年这一年，秦廷还发兵攻占岭南，设立桂林、象郡、南海三郡(《史记·秦始皇本纪》《史记·匈奴列传》)。这说明蒙恬北击匈奴的军事行动，不只是破解"胡"祸而已，更深一层的因缘，还是秦始皇开疆拓土的野心。

就在这次开拓疆土的战事结束之后的第二年，即秦始皇三十五年，秦廷复征发民夫，"除道，道九原抵云阳，堑山堙谷，直通之"(《史记·秦始皇本纪》)，开始兴工修建所谓"直道"。《史记·匈奴列传》述及此事，便径谓之曰："通直道，自九原至云阳。"

这条直道的终点九原，正位于北方边防线的前沿；其起点云阳甘泉宫，已有通道与都城咸阳紧密相连。不管是在时间的衔接上，还是空间的关联上，都可以清楚地看出，直道的修筑，应是直接服务于秦朝新边疆的开拓。如上所述，秦廷开拓边疆的战争，本无正义可言，直道的兴建是服务于秦始皇的侵略战争，尽管其路面整修得较为平直，可在道义上却并不那么平直顺畅。另一方面，《史记·蒙恬列传》记载说，修筑直道的起因，是"始皇欲游天下"，真是这样的话，同样也是以秦朝新边疆的开拓为前提，仍是一项十分不义的行为。

秦始皇兴修直道的不义性，更多地体现在劳民伤财、虐使百姓这一点上。由于工程浩大，直至秦始皇去世，这条道路也没有彻底完工（《史记·蒙恬列传》）。《史记·李斯列传》在阐述秦国覆亡的原因时讲道：

> （二世时）法令诛罚日益刻深，群臣人人自危，欲畔者众。又作阿房之宫，治直道（德勇案：今中华书局点校本《史记》原文此处作"直道驰道"，"驰道"二字实衍，今删，我将另文考辨），赋敛愈重，戍徭无已。于是楚戍卒陈胜、吴广等乃作乱，起于山东，杰俊相立，自置为侯王，叛秦。

显而易见，这条自秦始皇三十五年动工以来，一直未能竣事完

百衲本《二十四史》影印南宋建安
黄善夫书坊刻三家注本《史记·蒙恬列传》

工的直道，给秦之"黔首"亦即庶民百姓，造成了极大的负担
和困苦，成为导致嬴秦覆亡的一项重要原因。

　　负责这条道路施工的秦将蒙恬，在被二世皇帝逼迫自杀
之前，"喟然太息曰：'我何罪于天，无过而死乎？'良久，徐
曰：'恬罪固当死矣。起临洮属之辽东，城堑万余里，此其中
不能无绝地脉哉？此乃恬之罪也"。司马迁针对他的感叹，有
如下一段论述：

　　　　吾适北边，自直道归，行观蒙恬所为秦筑长城亭障，堑
　　山堙谷，通直道，固轻百姓力矣。夫秦之初灭诸侯，天下之
　　心未定，痍伤者未瘳，而恬为名将，不以此时强谏，振百姓
　　之急，养老存孤，务修众庶之和，而阿意兴功，此其兄弟遇
　　诛，不亦宜乎？何乃罪地脉哉？（《史记·蒙恬列传》）

"固轻百姓力矣"，这句话道出了太史公对民众疾苦的深切关
怀。今天，我们在评判所有历史事件时，首先关注的，也应该
是这一点，如司马迁所云，直道的兴修是秦廷漠视百姓之力的
一项重要表现。

　　一个有操守的历史学者，就应该像太史公司马迁一样，时
刻以天下苍生为念，而秦始皇从来就不是一个直道而行的人，
秦朝也从来就不是一个直道而行的政权。

2018 年 11 月 7 日记

秦始皇与儒学

今天，来到孔夫子的家乡山东，和大家交流"秦始皇与儒学"的问题，感到非常高兴，也感到十分惶恐。高兴的是，这里是孔夫子的家乡，在这里谈论这一问题，让我觉得很亲切，也很亲近；惶恐的是，在孔夫子的家乡，人们的儒学修养如山高海深，以我学识之浅陋，以我肆意放言的表述习惯，难免出乖露丑，让大家笑话。不过，既然已经壮着胆子来了，就只能壮着胆子放开来说。如果能够得到各位的指教，那对我来说，实在是有益的收获。

我今天在这里讲述这一问题，是基于此前在《生死秦始皇》一书中所做的研究；当然，来这里专门再讲，也是另有一些新的认识。下面，就开列三个具体的小题目，分别从几个不同的侧面，来看一下秦始皇对待儒学的真实态度和具体行为。

一 "焚书坑儒"的真实状况

谈到秦始皇与儒学的关系，大家几乎异口同声地会讲出

"焚书坑儒"这四个字。这焚毁的书籍都是些什么，或许还需要琢磨一下，说明一番，可"坑儒"二字，用不着做任何解释，望文思义，就是被天下第一暴君秦始皇（这是因为他是史上第一个皇帝，按顺序排的名次，若按残暴的程度排，恐怕还是后来者居上，另有其人）活生生埋到大坑里的这些家伙，只能是儒生。

人们这样想，是再自然不过的了，但史籍当中的具体记载，却不那么清楚，不那么分明；而且关于这件事儿的性质，很久以来，就有不同的说法。所以，为更好地认识这一问题，我们需要从最原始的记载，也就是《史记·秦始皇本纪》的记载说起。

这件事儿，发生在秦始皇三十五年（前212）。为准确理解这一重要史事，我们先全文引录《史记·秦始皇本纪》关于"坑儒"之事的一段文字：

> 侯生、卢生相与谋曰："始皇为人，天性刚戾自用，起诸侯，并天下，意得欲从，以为自古莫及己。专任狱吏，狱吏得亲幸。博士虽七十人，特备员弗用。丞相诸大臣皆受成事，倚辨于上。上乐以刑杀为威，天下畏罪持禄，莫敢尽忠。上不闻过而日骄，下慑伏谩欺以取容。秦法，不得兼方，不验，辄死。然候星气者至三百人，皆良士，畏忌讳谀，不敢端言其过。天下之事无大小皆决于上，上至以衡石量书，日夜有呈，不中呈不得休息。贪于权势至如

此，未可为求仙药。"于是乃亡去。始皇闻亡，乃大怒曰：
"吾前收天下书不中用者尽去之，悉召文学方术士甚众，欲
以兴太平，方士欲练以求奇药。今闻韩众去不报，徐市等
费以巨万计，终不得药，徒奸利相告日闻。卢生等吾尊赐
之甚厚，今乃诽谤我，以重吾不德也。诸生在咸阳者，吾
使人廉问，或为訞言以乱黔首。"于是使御史悉案问诸生，
诸生传相告引，乃自除。犯禁者四百六十余人，皆坑之咸阳，
使天下知之，以惩后。益发谪徙边。始皇长子扶苏谏曰："天
下初定，远方黔首未集，诸生皆诵法孔子，今上皆重法绳之，
臣恐天下不安。唯上察之。"始皇怒，使扶苏北监蒙恬于上郡。

值得注意的是，诱发这一事件的起因，是侯生、卢生等为其寻
求仙药的"方术士"在背地里嘀嘀咕咕。这两个家伙溜走亡去
之后，秦始皇大为震怒，说自己此前"悉召文学方术士甚众，
欲以兴太平，方士欲练以求奇药。今闻韩众去不报。徐市等费
以巨万计，终不得药，徒奸利相告日闻。卢生等吾尊赐之甚
厚，今乃诽谤我，以重吾不德也"，在这种情况下，才将"犯
禁者四百六十余人，皆坑之咸阳"。如此看来，被秦始皇活埋
的似乎不应该是儒生，而是所谓"方术士"。另外，《史记·儒
林列传》也说秦始皇是"焚诗书，坑术士"，这"术士"也就
是"方术士"，现在我们也可以简称为"方士"。后世有很多
人，就是依据这一记载，断言秦始皇所坑者乃是"术士"。这
样认识的人，古代有很多，现代也有不少，譬如胡适先生就是

这样（胡适《中国哲学史大纲（卷上）》）。

然而，事情并没有这么简单。

我们看《史记·秦始皇本纪》的下文，在数落完这些方术士的忘恩负义，并特别指出"卢生等吾尊赐之甚厚，今乃诽谤我，以重吾不德也"之后，秦始皇却话锋一转，把矛头指向了跟这帮骗子毫无关系的儒生头上，即谓"诸生在咸阳者，吾使人廉问，或为訞言以乱黔首"。

参看下文长公子扶苏所说"诸生皆诵法孔子"这句话，我们可以毫无义地认定，这"诸生"也就是"众儒生"。"廉问"，是察访查问的意思；"訞言"现在一般写作"妖言"，也就是歪理邪说。

秦始皇明明是被他自己重金招徕的一大帮方术士骗了钱财，又丢尽了脸面，可他为什么头痛医脚，要去"廉问"这些与方术士毫无关系的儒生呢？

仔细斟酌《史记·秦始皇本纪》上述记载，不难看出，问题就出在秦始皇所说"悉召文学方术士甚众，欲以兴太平"这句话上，对于所召"甚众"的这些"文学方术士"，秦始皇显然寄寓了很大期望，即想要依赖他们来帮助自己"兴太平"。可是，结果呢？现在他已经看到，他"尊赐之甚厚"的卢生等方术士不仅骗吃骗喝，还很放肆地讲了一大堆他的坏话，之后就纷纷跑路了，这无疑会彰显他的"不德"形象。

秦始皇对自己干下的坏事儿，当然一清二楚。既然做了，就免不了遭受世人非议，这一点他也心知肚明。

这不仅在于他以血腥的暴力吞并天下土地，更让天下苍生遭受无边苦难的是，他在吞并天下之后，不仅不与民休息，还愈加"刚毅戾深，事皆决于法，刻削毋仁恩和义，然后合五德之数。于是急法，久者不赦"（《史记·秦始皇本纪》）。如此，百姓怨恨他，甚至很多人恨不得杀了他，这当然是他闭着眼睛想也一清二楚的。

可是秦始皇一点儿也不怕，为什么？君不见《商君书》里明确讲："重刑连其罪，则民不敢试。"还有"刑重而必得，则民不敢试"（《商君书·赏刑》）。用大白话来讲，就是以严刑峻法来震慑恐吓，让百姓不敢轻举妄动。先祖秦孝公的时候，秦国的政治就是按照商鞅的设计而展开的；到秦始皇的时候，他的所有政治举措，更是如法炮制。

可是，草民不敢动，并不等于偌大一个国家谁都啥也不说。为什么？在赵正登上皇帝大位之初，帝国的法律还没有过分严苛地限制人们的言论自由；或者说秦灭六国后，朝廷并没有马上针对一般性的言论上手段，重刑还没有立即用到每一个人的嘴上。

就在发出坑儒之命这一年之前的秦始皇三十四年，赵正在咸阳宫里摆酒宴，秦廷设置的七十个博士上前给他祝寿，其中的头目——仆射周青臣还把马屁拍得震天响，说"他时秦地不过千里，赖陛下神灵明圣，平定海内，放逐蛮夷，日月所照，莫不宾服。以诸侯为郡县，人人自安乐，无战争之患，传之万世"，末了总括一句话："自上古不及陛下威德。"（《史记·秦始皇本纪》）对比秦始皇后来指斥卢生一辈方术士"重吾不德"那句话，可知周青臣这些奉承话该多么让他受用。

问题是虽然这个博士头目很会拍马屁，可他手下其他那些直把《诗》《书》读到心坎儿里去的书呆子博士却很不识相。有一位名叫淳于越的博士（他是山东人，老家在齐国故地），马上站出来揭破周青臣的丑陋面目，即"青臣又面谀以重陛下之过，非忠臣"（《史记·秦始皇本纪》）。这同一年后秦始皇斥责卢生等人"重吾不德"的话实在太相似了。

几乎一模一样的语句，站在不同立场上，就指向了两个截然不同的方向。一方讲的是真话，另一方讲的就必然是假话。其实，不仅今天我们谁都知道究竟是谁在说真话，当时的人也都明白到底是谁在讲假话——这个人当然是始皇帝赵正。在淳于越这样的书生看来，是周青臣这类人在彰显秦始皇的罪过，而在秦始皇看来，则是讲实话的卢生等人在彰显他缺德无德的本来面目。

一年之后秦始皇既然能针对卢生等方术士讲出那样一番话来，现在面对淳于越博士讲的这些大实话，心里当然煞是不爽。淳于越与周青臣两相对峙的言论，并不仅仅是两个书生之间意气相向而已。因为淳于越在指斥周青臣"面谀以重陛下之过"之前，还讲过一句很重的话："事不师古而能长久者，非所闻也。"这事儿就有些大了，等于全面否定并且抨击秦始皇的治国理民路线；更何况淳于越有博士的身份，是个身在庙堂之上吃公家饭的知识人，若是任由这样的思想传播于黎民黔首，任由这些人放下朝廷赏给他们的饭碗就来抨击朝政，诅咒这个政权，那么大秦帝国还将何以为国？是可忍，孰不可忍！

怒，虽然是愤怒至极，却不宜马上发作。现代人对中国古代的政治运作过程，有很多肤浅的理解，其实并不符合实际，譬如说什么皇帝独裁专权，就是如此。皇帝固然是个独断乾纲的工作，可从赵正创设这个职位时起，决策的过程通常就是一个协商的过程；至少是要经过大臣们开会讨论才能做出决策的，这次也是这样。秦始皇按照朝政运作的基本规则，一本正经地把双方的意见交由朝臣议处。

于是，那个一心想坐稳粮仓顶上大老鼠位置的佞臣李斯，本着他一生念兹在兹的"得时无怠"精神（《史记·李斯列传》），及时挺身而出，来为主子排忧解难，以求一劳永逸地彻底解决这个重大的隐患。

这样，我们就在《史记·秦始皇本纪》中看到了下面这样一大段话：

> 丞相李斯曰："五帝不相复，三代不相袭，各以治，非其相反，时变异也。今陛下创大业，建万世之功，固非愚儒所知。且越言乃三代之事，何足法也？异时诸侯并争，厚招游学。今天下已定，法令出一，百姓当家则力农工，士则学习法令辟禁。今诸生不师今而学古，以非当世，惑乱黔首。丞相臣斯昧死言：古者天下散乱，莫之能一，是以诸侯并作，语皆道古以害今，饰虚言以乱实，

百衲本《二十四史》影印南宋建安黄善夫书坊刻三家注本《史记》

人善其所私学，以非上之所建立。今皇帝并有天下，别
黑白而定一尊。私学而相与非法教，人闻令下，则各以
其学议之，入则心非，出则巷议，夸主以为名，异取以
为高，率群下以造谤。如此弗禁，则主势降乎上，党与
成乎下。禁之便。臣请史官非秦记皆烧之。非博士官所
职，天下敢有藏《诗》、《书》、百家语者，悉诣守、尉杂
烧之。有敢偶语《诗》《书》者弃市。以古非今者族。吏
见知不举者与同罪。令下三十日不烧，黥为城旦。所不
去者，医药卜筮种树之书。若欲有学法令（德勇案：'若
欲有学法令'句，参据《史记·李斯列传》等，疑本书
作'若欲有学者'），以吏为师。"制曰："可。"

概括起来，李斯洋洋洒洒的这一大段话，包括下述几层意思。

首先是直接针对淳于越"事不师古而能长久者，非所闻
也"这一主张，做出总体评价，以为像淳于越这样的"愚儒"，
明显智力不够，他们是根本无法理解秦始皇创建的亘古未有之
大业丰功的。

这是一个纲领性的认识，大调子一定，下边就是具体的处
置办法了。"愚"也就是傻，傻瓜的话，不仅听不得，也不能
由着他到处胡乱说。遍地傻瓜乱跑，那大秦帝国还成个什么样
子？实际的后果很严重，若一味"不师今而学古，以非当世"，
则必将"惑乱黔首"。这就是淳于越之流的危害，必须采取果
断措施，做出惩处。

应对的办法，一是"别黑白而定一尊"，即确立皇帝唯我独尊的地位，人人都要服从于他的权威。二是在此前提下，与此有违的种种私学，都要一律禁绝，并且指出开放言论的严重后果是"主势降乎上，党与成乎下"，即皇帝的权威荡然无存，而反对的党徒必将布满朝野，实在是危乎险也。三是应立即颁布具体的禁绝措施，即除了官方存留部分书籍之外，诸如秦国的史书、朝廷所设博士官传习的儒家经典，以及像"医药卜筮种树之书"这样的科技著述等，其余所有各种典籍，统统搜检出来烧掉；同时还有针对性地特别强调"有敢偶语《诗》《书》者弃市。以古非今者族"。

这样的处置措施，并不新鲜。韩非即明确讲过，当年商鞅即已"教秦孝公以……燔《诗》《书》而明法令"(《韩非子·和氏》)。须知李斯和韩非是同门同窗的同志之人，对先行帝师施展过的这种手段，同样早就烂熟于胸，时机成熟时，掏出来用就是了。

李斯这个现职的帝师把话讲得都很到位，有纲有目，有头有绪，连细节都考虑得十分周详，一切都正中秦始皇的下怀，自然博得他满心欢喜。于是，秦始皇只简单地进出一个"可"字来就依样施行了；或者说雷厉风行地展开了大秦帝国建立以来最大规模的一场政治运动。这场运动，也可以简单地用"焚书"二字来概括。

全面了解这一背景，了解这场运动在秦朝政治生活中无比重要的地位，我们才能切实理解秦始皇"坑儒"之举发生的缘由。

秦始皇"焚书"之举，实际上不过是上一年刚刚施行的极其严酷的惩处办法，这些儒生应该老老实实地上班办事儿领薪水，帮助朝廷歌功颂德。可恨侯生、卢生这些方术士，骗吃骗喝，临走还"诽谤我，以重吾不德"。不过这帮人本来就是骗子，如此忘恩负义，也算是情理之中的事儿，而且其社会地位和影响都没法跟儒生相比，只要这些儒生都像朝廷设置的那七十个博士一样给朝廷装点门面做摆设，倒也不用担心什么。

那么，这些儒生的地位和影响为什么这么重要？除了孔夫子创立的政治学说和社会理念对世道人心具有重大影响之外，还有一个似乎不为人言的重要因素，这就是在先秦诸子之中，其他各家讲的都是空洞的思想观念，只有儒家才具有丰富的具体知识，特别是历史知识。自孔子以《诗》《书》《礼》《乐》《易》《春秋》这"六经"来教授弟子，这些知识就成为儒家门内师徒相传的核心内容，而这些典籍所蕴含的文学、艺术、史学、哲学以及社会制度知识，其丰富性、系统性、具体性在先秦诸子中都是独一无二的。高谈阔论的理论只能影响一小部分高等知识分子，而这些具体知识和儒生对这些具体知识内在义理的阐释，才能更加深刻地影响社会公众。其中历史知识的影响，尤为重要，因为这是"诸生不师今而学古，以非当世，惑乱黔首"的一项利器。

现在，摆在秦始皇面前的问题是，既然侯生、卢生这些方术士能够阳奉阴违，口是心非，那么儒生们是不是能够做到口服心也服，服服帖帖地跟随自己呢？秦始皇对此很是担心，或者说侯生、卢生等方术士搞得他很是心虚。他需要考察一下真实情况。于是，秦始皇便指使人去查问"诸生在咸阳者"——这就是方术士惹出祸事，而秦始皇却"头痛医脚"地去查问儒生的缘由。

结果不禁让他有些震恐。在上一年刚刚颁布那样严酷的禁令之后，这些儒生仍然"或为訞言以乱黔首"。

如上所述，上一年正是由于"诸生不师今而学古，以非当世，惑乱黔首"，才促使秦始皇颁行禁令，试图以严刑峻法吓阻这股反抗的潮流。可是现在一查才知道，在平静的表面之下，依旧暗潮涌动。那么，秦廷的法律岂不形同虚设？秦始皇的威严何在？若是任由这帮儒生继续惑乱黔首，岂不天下大乱？必须严查重惩！

后世很多儒生总是恶毒攻击秦始皇很任性，心地残忍，残酷地镇压知识分子。其实，秦始皇虽然心狠手辣，却一向很讲究法律，绝不随便胡来。面对知识分子的进攻，秦始皇依然严格按照法定的程序，"使御史悉案问诸生"，也就是逐个审问，让这些儒生人人过关。只不过以强大的威权去审查一个个弱小的书生，结果是可想而知的。结果是"诸生传相告引，乃自除"，也就是在酷刑苛法的威逼下，这些儒生们不得不违心地揭发检举他人，这样才能侥幸脱身免罪。

当然，并不是所有举报了同辈的人都能不被追究治罪。若是这样，秦始皇就失去了追查其事的意义了。因为他想杀一儆百，即《史记·秦始皇本纪》所说"使天下知之，以惩后"。

倒霉的是最后被朝廷认定的"犯禁者四百六十余人，皆坑之咸阳"。

这样通观《史记》相关记载，被秦始皇坑掉的，理应是儒生，而不会是方术士。如前所述，按照始皇长公子扶苏的说法，当时秦始皇所要坑掉的"诸生"四百六十余人乃"皆诵法孔子"，这也清楚说明他们确实一个不差都是儒生。又《史记·封禅书》还记载"诸儒生疾秦焚《诗》《书》，诛戮文学"，这"文学"讲的同样是儒生。这些都可以同上面所做的分析相印证。

至于《史记·儒林列传》所说秦始皇"焚诗书，坑术士"，其上下全文是：

> 自孔子卒后，……后陵迟以至于始皇，天下并争于战国，儒术既绌焉，然齐鲁之间，学者独不废也。于威、宣之际，孟子、荀卿之列，咸遵夫子之业而润色之，以学显于当世。及至秦之季世，焚《诗》《书》，坑术士，"六艺"从此缺焉。

请注意，这里上下文谈的儒学、儒书、儒生、儒术，都是儒家之事，与"术士"无涉，忽地讲出"坑术士"一语，与上下文不协，显得相当突兀。

《史记》三家旧注，唯有唐人张守节的《史记正义》释及此语，谈的却只是"坑儒"。古人注书释文，当然要与被注释的正文相对应，不会无端添附离"经"之"注"。所以《正义》

这条注释，显示出原文应是书作"坑儒士"而不会是"坑术士"。检南宋时期的类书《记纂渊海》，其引录《史记·儒林列传》此文，乃书作：

> 秦之季世，焚《诗》《书》，坑儒士，"六艺"从此阙焉。

可见当时所依据的《史记·儒林列传》，正存有"坑儒士"的版本。这足以印证上述推论不诬，被秦始皇坑掉的实际上只是儒士，而与方术士无涉。

说完"坑儒"，再来看"焚书"。

关于"焚书"，如前面引述的《史记·秦始皇本纪》所见，李斯提出这一主张的出发点，是在先确定整个大秦帝国的思想意识都要由秦始皇"别黑白而定一尊"的总体纲领下，"私学乃相与非法教之制，闻令下即各以其私学议之，入则心非，出则巷议，非主以为名，异趣以为高，率群下以造谤。如此不禁，则主势降乎上，党与成乎下"。为此，才需要将"诸有文学《诗》、《书》、百家语者蠲除去之"（《史记·李斯列传》）。具体的做法，是令"非博士官所职，天下敢有藏《诗》、《书》、百家语者，悉诣守、尉杂烧之"（《史记·秦始皇本纪》）。

司马迁记述说，秦始皇这样做，是想要"愚百姓"（《史记·李斯列传》），也就是使老百姓的脑子都变得稀里糊涂的。因为读书才会使人头脑清醒，明白事理；依据书本，特别是神圣经典讲出来的话，才会有更大的权威性，才能影响社会公众。只要弄得那些有文化的社会精英没得书读，他们在社会公众面前就失去了优势。而失去了书中所记正常人行事的参照，失去了往古先人的模范事迹和是非善恶标准，不管这位"始皇帝"在咸阳宫里发布什么样的指示，人们就再也不易弄清楚他讲的这些话有多么荒唐，搞不明白天底下究竟发生了什么事儿，这样就会达到"使天下无以古非今"的效果（《史记·李斯列传》）。

这里值得注意的是：第一，私学者妄自非议并批评朝政，是蠲除并焚毁民间私传私存相关书籍的基本原因，所以官方"博士官所职"者，并不在毁弃之列；第二，朝廷所要毁弃的民间私藏书籍，并不仅限于儒家的著述，《诗》《书》等"六艺"之外，还有"百家语"。贾谊在西汉前期撰《过秦论》，阐释秦朝覆灭的原因，述及此事，也说是"燔百家之言"。而这所谓"百家之言"或"百家语"，包括的范围相当广泛，除了"史官非秦记皆烧之"以外，朝廷明令可以存而不去的书籍，只有属于自然科学范畴的"医药卜筮种树"之书（《史记·秦始皇本纪》）。这就意味着焚而毁之的民间藏书，必然包括所谓"法家"的书籍在内。

当时所谓"诸子"各家之学，老太史公司马谈归结为阴阳、儒、墨、法、名、道六家（《史记·太史公自序》），刘向、刘歆父子及班固是列出儒、道、阴阳、法、名、墨、从（纵）横、杂、农、小说十家（《汉书·艺文志》）。怎么看，谁来分，"法家"都是其中重要的一家，若谓"百家"之语，当然不可能将其排除在外。

秦始皇连所谓"法家"的书籍也要禁毁，道理很简单，这是因为大前提是"别黑白而定一尊"（《史记·秦始皇本纪》）或"别白黑而定一尊"（《史记·李斯列传》）。"一尊"既定，由哪一路来"以古非今"都不行。不管先讲"黑"，还是先说"白"，哪怕秦始皇嘴里吐出来的话，句句都是颠倒黑白，那也是谁都不能非议，更不能稍许偏离的宇宙真理。你往右偏，讲儒家的圣贤道理，和他立异，当然不行；可是若往左偏，讲出比他更纯正、更地道的"刑（形）名法术"，比他显得还要"正确"，惹出的麻烦也许更大，那更不行。——天下万民之法，有我定的就够了，他人何得妄言？

透过这样的分析，我们可以看到，单纯就对各家学术思想的态度而言，秦始皇可以说是一视同仁的，并没有特别对儒家采取贬抑打击的政策。所谓"焚书"，关键是想要禁绝官方管控系统之外的私家藏书，康有为云"焚书之令，但烧民间之书，若博士所职，则《诗》、《书》、百家自存"（康有为《新学伪经考》之《秦焚六经未尝亡缺第一》），乃是指明了当时的实际情况。

至于"博士官所职"范围之内的藏书，虽然很可能也会包括所谓"百家语"在内，但秦廷所设"博士"首先应当是传习儒学的学者，其藏书首先也应该集中于儒家典籍。对此需要稍加解释的是，除了朝廷这七十名定额之内的"博士"以外，受其传授而研习儒家经典的那些"诸生"，也不能仅仅依赖耳闻

心记而不看书写的文本。至少一部分特别重要的经典，在这些
"诸生"之间，会有很多写本存在并流传。看看秦始皇在咸阳
城里一次就捉拿到四百六十多名妖言惑众的"诸生"，就能够
想见当时这个群体有多么庞大；同时也很容易理解，若是没有
其他原因造成损毁的话，会有多少未焚的儒家经典足以留存于
世。故宋人郑樵云"（秦始皇）所焚者一时间事耳，后世不明
经者，皆归之秦火，使学者不睹全书，未免乎疑以传疑"（《通
志·校雠略》），这样的说法，自属通人之论。

二 "偶语《诗》《书》者弃市"的确切语义

在《生死秦始皇》一书中，我把西汉时期以前人们所说的
"偶言""偶语"解作"寓言"，用以说明汉代及其以前"小说
家"的性质和主要特征，借此判明北京大学所藏《赵正书》相
关纪事的"说事儿"性质。

顺藤摸瓜，在这一研究过程中对"偶语"一词的判读，还
会把我们的认识带入一个更为重大或者说更为影响中国古代总
体政治进程和文化面貌的历史事件——它促使我们由一个实实
在在的切口深入下去，看看秦始皇对待儒生和儒学到底是怎样
一种态度。

看到"偶语"这一词语，稍稍读过一点儿《史记》并且
关注秦汉史事的人们，大概都会联想到前面谈到的《秦始皇本
纪》中李斯那段"别黑白而定一尊"的奏语，特别是其中"有

見木偶人與土偶人相與語、念孫案偶、索隱本作禺注曰音偶禺、又音寓謂以土木為之偶類於人也、是舊本作禺有偶寓二音後人改禺為偶又改注文曰偶音遇斯為謬矣封禪書木禺龍欒車一馴索隱曰禺一音寓寄也寄龍形於木一音偶亦謂偶其形於木也後漢書劉表傳論曰其猶木禺之於人也、是偶人之偶古通作禺管子海王篇禺筴之商曰二百萬尹知章曰禺讀為偶漢書匈奴傳此溫偶駼王所居地也班固燕然山銘軒溫禺以夒鼓溫禺即溫偶

如有

如有不得還君得無為土偶人所笑乎念孫案如有、如

清嘉庆原刻本王念孙《读书杂志》

132

敢偶语《诗》《书》者弃市"那句话。

"有敢偶语《诗》《书》者弃市"这句话，虽然世世代代的读书人，几乎无人不知，无人未尝诵读，但这句话说的究竟是什么意思，前人似乎都是语焉未详，现在还需要悉心斟酌。

在现在通行的三家注本《史记》中，我们可以看到，南朝刘宋时人裴骃的《史记集解》引述东汉人应劭的注解是："禁民聚语，畏其谤己。"但"偶语《诗》《书》"何以就成了小民"聚语"，应劭并没有做出清楚的说明。至唐开元年间人张守节撰著《史记正义》，才具体落实"偶语"之"偶"的含义说："偶，对也。"

实则在《史记·高祖本纪》中也还可以看到相关的记载：

> 汉元年十月，沛公兵遂先诸侯至霸上。……召诸县父老豪杰曰："父老苦秦苛法久矣，诽谤者族，偶语者弃市。吾与诸侯约，先入关者王之，吾当王关中。与父老约，法三章耳：杀人者死，伤人及盗抵罪。余悉除去秦法。诸吏人皆案堵如故。凡吾所以来，为父老除害，非有所侵暴，无恐！且吾所以还军霸上，待诸侯至而定约束耳。"乃使人与秦吏行县乡邑，告谕之。秦人大喜，争持牛羊酒食献飨军士。

在"偶语者弃市"句下，裴骃《史记集解》引述应劭语曰："秦禁民聚语。偶，对也。"看到这一注解，才让我们恍然大悟，张守节释"偶"为"对"，乃是本自应劭的旧注，即应劭所说的"聚语"，实际上源自"相对而语"，"偶语"就是"对语"。

《史记·高祖本纪》所说关中父老苦于遭受"诽谤者族，偶语者弃市"这些虐政，本是源自由李斯奏请、始皇帝批准施行的"有敢偶语《诗》《书》者弃市，以古非今者族"那两大基本维持社会稳定的措施；换句话讲，也可以说是那两大维持社会稳定措施的简缩版。《史记·高祖本纪》这一简缩版本告诉我们，与省掉的《诗》《书》相比，"偶语"一词更能体现这句话的内在含义。

假如像应劭以来包括张守节在内以至今天绝大多数人通行理解的那样，把这个"偶语"（或"耦语"）理解成"对语"，亦即面对面地说话，那么，不管是就其狭义而论，是指一对儿人四只眼睛两张嘴直冲着对方讲，还是再稍微引申一下，是指三位以上那么一拨人围成个小圈子后口眼结合对着这圈子中任何一个人讲，刘邦讲给关中父老听的这句话，也都太不可思议了。这当然是绝对不可能的。事实上，检读《史记》可知，在秦始皇颁布所谓"偶语者弃市"这道诏令之后，人们还是面照会，话照讲，并没有受到严酷惩治的情况。所以，这样讲未免太宽泛了，是会引发严重歧义的。

首先，问题不能这么看。因为刘邦谈话的重点，是秦始皇不让别人"偶语"，而不是禁止世人谈《诗》论《书》。再说若是把"偶语"解作"对语"，即使"偶语《诗》《书》者弃市"，同样也是根本不可能的；更何况像应劭那样以为"偶语者弃市"是因为"秦禁民聚语"，就更是怎么也无法想象的事儿了。

这是因为《诗》《书》是儒生的基本读物，不读《诗》《书》就算不上是儒生。

就在秦始皇依照李斯上述提议诏命天下"有敢偶语《诗》《书》者弃市"的下一年，也就是秦始皇三十五年，因秦始皇大规模妄杀无辜，弄得人心惶惶，才导致侯生、卢生这些方术士相与为谋，不仅妄议朝政，还放肆地贬斥当朝皇帝赵正，结果引发了"坑儒"的灾难，这就是前面引述过的那一大段《史记·秦始皇本纪》的记载。

在探讨"有敢偶语《诗》《书》者弃市"这句话时，《史记·秦始皇本纪》这段文字，值得我们重视的内容有两点：一是秦廷常设"博士"七十人，在发布"偶语《诗》《书》者弃市"这一诏命之后，这一职位和员额配备并没有任何变动，而这些博士都是儒学博士，例如后来帮助汉高祖刘邦设计开国礼制的叔孙通，就是这七十博士之一。二是按照长公子扶苏的说法，当时秦始皇所要坑掉的"诸生"四百六十余人"皆诵法孔子"，即如前面所论，这些人都是儒生。

在这一认识的基础上，重审前面引述的那一段《史记·秦始皇本纪》的内容，我们就可以肯定，在"偶语《诗》《书》者弃市"这道诏令发布之后，仅仅是在帝都咸阳，聚集的儒生至少就有四百六十人，而这四百六十余人不过是包括咸阳在内全国各地为数更多的儒生当中被秦始皇认定犯下"为訞言以乱黔首"大罪的那一小部分人而已。秦始皇"坑"掉这四百六十余人之后，剩下的那一大群至少在表面上还效忠于大秦、谀颂这个统一大帝国的儒生以至"文学博士"，包括博士叔孙通和他的弟子在内，直到秦廷倾覆之际，依然是饭照吃，觉照睡，当然更重要的是，依照他们的职业本分，书也要照样读，学也要照样讲。

司马迁的父亲老太史公司马谈，在论述儒家"要指"亦即根本宗旨时讲述说："儒者以六蓺（艺）为法。"（《史记·太史公自序》）因而若是借用康有为的话来讲，这些儒生和"文学博士"，"其人皆怀蕴《六艺》，学通《诗》《书》"（康有为《新学伪经考》之《秦焚六经未尝亡缺第一》）。这是理所当然的事情，而其读书讲学的具体内容，当然也只能是《诗经》《尚书》等"六艺"之学。

那么，这些人怎么讲学呢？怎么相互交流、相互切磋呢？甚至相互间怎么说话呢？须知那时候"经之授受，不著竹帛，解诂属读，率皆口学"（清汪中《述学·内篇》卷三《贾谊新书序》）；人们只能见面交谈，而这也就是应劭、张守节辈所说的"对语"。可要是一见面说上两句"窈窕淑女，君子好逑"，就会惨遭"弃市"，甚至只要面对面地说话就会遭受"弃市"的处置，那么，谁还会干这份倒霉的差事，岂不早就像叔孙通后来所做的那样"一走了之"了呢？

当年，郭沫若先生在国民党大陆政权行将崩溃之前写下的那首《三十七年七月偶成》诗，咏叹云"偶语诗书曾弃市，世

偶語詩書曾棄市

世間仍自有詩書

周厲當年流彘後

衛巫勳業復何如

敵人以几种清刻本代表性字体集录的
郭沫若著《三十七年七月偶成》

间仍自有诗书。周厉当年流彘后，卫巫勋业复何如"，援用的
也是应劭、张守节的旧解。

　　这样的诗，虽然是有为而发，但作为抨击黑暗专制体制
的呐喊，实际上具有永恒的社会价值；况且后世独裁者的言论
控制，实多有胜出赢秦赵正之处。不过著名历史学家写出这
样的诗句，却并不符合当日的实际情况。大秦朝廷里既然养着

那么多儒生和"文学博士",李斯的奏议中也只是说"非博士官所职,天下敢有藏《诗》、《书》、百家语者,悉诣守、尉杂烧之"。后来在秦二世当政时期,他还劝谏二世皇帝说"放弃《诗》《书》,极意声色,祖伊所以惧也;轻积细过,恣心长夜,纣所以亡也"(《史记·乐书》),这也就意味着单纯地诵《诗》读《书》是符合朝廷所推崇的社会道义的,"博士官"在一定条件下是可以合法地收藏和利用"《诗》、《书》、百家语"的,因而绝不会禁止他们聚谈《诗》《书》,更不会定下如此残酷的"弃市"之刑对其加以惩治。

我们研究历史,既不是写诗,也不是评事论事,首要的任务,乃是揭示史事的本来面目。

应劭、张守节以至现代学者郭沫若等人对"偶语《诗》《书》者弃市"这句话中"偶语"的理解既然不合情理,我们就只能另辟蹊径,寻找它的正解。如同前面所说,"偶语"与"偶言"这两个词语,都可以看作"寓言"的不同写法;或者更准确地说,是"寓言"的原始写法。那么,移用这一语义,来解释"偶语《诗》《书》者弃市"这句话,会不会更为妥当一些呢?

由"寓言"这一语义出发,来解读"偶语《诗》《书》"的语义,就是借用《诗经》和《尚书》等典籍来说事儿。我们重看一遍李斯进上"焚书"之策时开头所讲的那一段话,应能很容易看出其中的端倪:

> 五帝不相复，三代不相袭，各以治，非其相反，时变异
> 也。今陛下创大业，建万世之功，固非愚儒所知。且（博士
> 齐人淳于）越言乃三代之事，何足法也？异时诸侯并争，厚
> 招游学。今天下已定，法令出一，百姓当家则力农工，士则
> 学习法令辟禁。今诸生不师今而学古，以非当世，惑乱黔首。
> 丞相臣斯昧死言：古者天下散乱，莫之能一，是以诸侯并作，
> 语皆道古以害今，饰虚言以乱实，人善其所私学，以非上之
> 所建立。（《史记·秦始皇本纪》）

接下来，李斯才讲出"别黑白而定一尊"那样一些话。换句话来讲，就是开头这段话乃是李斯后面那一段话所针对的具体内容，特别是其中"今诸生不师今而学古，以非当世，惑乱黔首"以及"道古以害今，饰虚言以乱实，人善其所私学，以非上之所建立"这些话，而"诸生"们讲说这类话，必然要包含大量凭借《诗》《书》等儒家典籍来说事儿的内容。他们念的就是这些书，学的、讲的都是这些书里的学问，脱口而出的就是这些书上写的事，关键是，不能借书说事儿，亦即借古讽今，"以非当世"，并且"惑乱黔首"。

这样看来，我把"偶语《诗》《书》"理解成借着《诗》《书》这个由头来说事儿，就应该是比较合理的了；同时，刘邦把这句话简化成"偶语者弃市"也应该是一种很简练的表述，因为它保留了"偶语"亦即说事儿找事儿这项核心内容。过去颇有一些学者，因尊奉应劭以及张守节等人的旧解，未能

139

合理地理解"偶语《诗》《书》"的本义，从而对"偶语《诗》《书》者弃市"这一禁令发布之后仍有那么多儒生被秦始皇坑掉，感到大惑不解。譬如宋人王应麟就是如此。尽管他翻来覆去费很大力气对此做了一番解释，却越说越糊涂，怎么也没能说清事情的原委（王应麟《通鉴答问》卷二"坑诸生"条）。

总之，秦始皇"焚书令"中"偶语《诗》《书》者弃市"这句话，并不是禁止人们相对而语或是相聚而谈《诗经》《尚书》等儒家经典，而是要禁绝那些别有用心的人，特别是那些无良的任官朝廷的知识分子，借助《诗经》《尚书》等书来说事儿；绝不能让这些人借古讽今，"以非当世，惑乱黔首"。后来，在秦二世时，在秦廷七十位儒学博士当中有一个名叫"正先"的博士，以"非刺（赵）高而死"（《汉书·京房传》并唐颜师古注引孟康语），就是因"以非当世"而招致杀身之祸的一个典型事例。

三 儒学是备受秦始皇尊崇的官学

前面已经阐明，秦始皇要严厉禁止其肆意妄为的，只是那些拿《诗》《书》说事儿的狂人妄人，并不是奉公守法的好学人，特别是他们并非宅心仁厚的老实儒生；赵正不得不痛下狠手坑掉的，也只是经过御史严格依照秦律审问定罪的那些儒生。这样看来，遵纪守法的儒生，似乎并不会受到秦廷的迫害。在所谓"焚书"方面，也不是特别要禁绝儒家的典籍，而是将民间那些"诸有文学《诗》、《书》、百家语者蠲除去之",或者说"非博士官所职,天下敢有藏《诗》、《书》、百家语者,悉诣守、尉杂烧之"。也就是说,除了焚毁存在于民间的包括儒家、法家在内的百家之语,并没有特别严厉地禁绝儒家的著述。与此相反,秦始皇还网开一面,特别准许朝廷设置的博士官可以藏弄《诗》、《书》、百家语"。

事实上,认真研读《史记》相关记载,我们可以看到,单纯就一种思想学说在朝廷中的地位来说,秦廷不仅没有禁绝儒学,没有压制儒学,还十分尊崇儒学。

如谓不然,请看秦廷设置的七十位博士。前面我已经数次谈到,这七十位博士,就其"学科归属"来说,都是儒学博士。不过要特别谈论秦廷对待儒学的态度时,对这一点还需要再适当予以申说。

为什么还要特别说明这一问题呢?这是因为在《史记》当中对这一问题并没有十分清楚的、直接的记载,后人的阐释也大多语焉不详。前面我反复谈到它的"儒学"属性,可以说实质上只是我个人的一个认识而已。现在,我既然特别要举述这七十位博士来作为典型事例,来论证儒学是备受秦始皇尊崇的官学,就不能不更加具体清楚地证实这一判断。

首先,透过叔孙通这位秦廷博士的实际经历,我们可以看出,当时所谓"博士",是从儒生中选出的,所以他们应当就是传习儒学的学者,而所谓"儒学",当时在很大程度上又可以以"文学"称之。仔细审度《史记·秦始皇本纪》中秦始皇颁布焚书坑儒令时的相关记载，可知秦廷的博士皆应出自儒学，这一点应该没有什么异议。元人马端临曾断然指明"秦以儒者为博士"（见马端临《文献通考·经籍考》），至近时胡适也说"大概秦时的'博士'多是'儒生'"（胡适《中国哲学史大纲》卷上），做出的也是大体相同的判断。

其次，是《史记·封禅书》记载秦始皇东巡，"征从齐鲁之儒生博士七十人，至乎泰山下"，议论登封泰山事。这里所说"儒生博士七十人"，明确点明这些"博士"乃是出自"儒生"，或者说他们都身为"儒生"。因为如前引《史记·秦始皇本纪》所记，秦廷总共就为博士设置七十名员额，可知秦始皇这次东巡，他们是悉数奉诏从行，所以《史记·封禅书》这一记载，可以说是秦廷博士所有成员都是儒学博士的铁证。

《史记·儒林列传》载"陈涉之王也，而鲁诸儒持孔氏之礼器往归陈王。于是孔甲为陈涉博士"。这位孔甲是孔夫子的八世孙孔鲋，"甲"是他的字（《史记·儒林列传》裴骃《集解》）。孔鲋为陈胜做博士这一事件，也可以看作张楚沿承秦制的一个事例，这也从一个侧面证明了秦博士的儒学属性。

观司马迁之父司马谈在概括诸家学说特点时，曾指出儒者之学系以"博而寡要"著称于世，盖因"儒者以'六蓺（艺）'为法，'六蓺（艺）'经传以千万数"，以致达到"累世不能通其学"的程度（《史记·太史公自序》）。若此，非"博"而何？前面我说知识丰富是儒家与其他诸家学说相比独有的特色，或者说在当时诸家学说之中只有儒家才具有丰富的具体知识，说的也就是儒学之"博"。这一点，乃是"博士"这一头衔同儒学学术内涵的联系。

下面我们再具体查考一下叔孙通之外其他几位有史可征的秦廷博士，来验证一下上述认识。缪荃孙在清末写过一篇《秦博士考》，文中一一勾稽出大秦博士榜上那些略知行迹的人物。下面就以缪氏此文为基础，按图索骥，逐一展示其学术归属于次。

（1）伏生。《史记·袁盎晁错列传》清楚记载"伏生故秦博士，治《尚书》"，《史记·儒林列传》还具体记载说："秦时焚《书》，伏生壁藏之。"《尚书》因赖之以传世。这当然是纯正的儒生。

（2）羊子。著有《羊子》四篇百章，见于《汉书·艺文志》之诸子略儒家类下，班固自注说明作者的身份是"故秦博士"。写出这种儒家著述的学者，当然是儒门弟子。

（3）桂贞。"桂贞为秦博士，始皇坑儒，改姓吞。其孙溢避地朱虚，改为昃。弟四子居齐，改为炔。今江东名桂姓。"（宋丁度等《集韵》卷七"十二霁·吞昃"）此说若是属实，那么，这位桂贞博士当然也是儒生，不然就不会因始皇"坑儒"而吓得落荒而走并改名换姓了。

（4）黄疵。《汉书·艺文志》诸子略名家类下列有"《黄公》四篇"，班固自注："名疵，为秦博士，作歌诗，在秦时歌诗中。"黄疵，看起来似乎应属名家而不是儒家，但名家所言名实之学，或谓之"正名之学"，或径以"辨学""名学"称之，本是一种思辨逻辑之学，所谓百家诸子，无不赖之以为论说的基础，故先秦名家言论，今颇散见于诸子书中，《汉书·艺文志》叙"名家者流"内涵，乃谓"孔子曰：'必也正名乎！名不正则言不顺，言不顺则事不成'"。并谓此乃名家所长，而这样的表述形式，正体现出儒家同样重视名家倡行的"正名之学"。《汉书·元帝纪》载汉宣帝指斥"俗儒不达时宜，好是古非今，使人眩于名实"，这正是儒家一直重视名实之学的有力证据。因此，撰著《黄公》的黄疵，未尝不可以是身属儒家的博士。这同西汉时人晁错既学申商刑（形）名于轵张恢先所（《史记·袁盎晁错列传》），《汉书·艺文志》诸子略法家类下且著录有"《晁错》三十一篇"，但同时又"以文学为太常掌故"，复从伏生受《尚书》(《史记·袁盎晁错列传》)，在很多方面都显示出儒法兼通的综合性，是一样的道理。

（5）卢敖。《淮南子·道应训》载"卢敖游乎北海"，东汉人注释此书，以为"卢敖燕人，秦始皇召以为博士，使求神仙，亡而不返也"。案：卢敖别见于东汉王充《论衡·道虚》篇，其事与《淮南子》所记约略相似，乃一遨游四方学道求仙之人，然两书俱未言及其人曾身为秦廷博士，也都没有谈到秦始皇令其寻求神仙之事。并观《史记·秦始皇本纪》，可知东汉人注释《淮南子》时，应是基于先入之见，误把《史记·秦始皇本纪》的方术士"燕人卢生"认作始皇博士，又将此"卢生"视作卢敖，于是便做出了上述注解。然而仔细斟酌《史记·秦始皇本纪》上下文义，此"卢生"身为方术士而绝非秦廷博士，这一点是毫无疑义的，所以，我们并没有理由把这位卢敖认作秦之博士。

总之，这几位略具行迹可考的秦廷博士，大体上都可以认定为儒生，至少不能将其完全排除于儒学群体之外。

在此需要稍加说明的是，《史记·秦始皇本纪》记载，秦始皇三十七年，赵正东南巡行会稽之后，从海上北航琅邪的途中，"始皇梦与海神战，如人状。问占梦，博士曰：'水神不可见，以大鱼蛟龙为候。今上祷祠备谨，而有此恶神，当除去，而善神可致。'乃令入海者赍捕巨鱼具，而自以连弩候大鱼出射之"。清人缪荃孙将文中"占梦"与"博士"连读为一句，以为秦"又有占梦博士"（缪荃孙《艺风堂文集》卷三《秦博士考》）。因占梦在《汉书·艺文志》中属数术略杂占类下，这意味着假若缪氏所说属实，则秦博士当包括方术士在内（所谓"方术"应当包括《汉书·艺文志》的"方技"和"数术"两个类别）。今案这段文字中"占梦"与"博士"两语，应如今中华书局点校本分属上下句，盖《史记·秦始皇本纪》下文复载秦二世三年，"二世梦白虎啮其左骖马，杀之，心不乐，怪问占梦。卜曰：'泾水为祟。'二世乃斋于望夷宫，欲祠泾，沉四白马"，其句式一如此文，因知"博士"与"占梦"并没有从属关系，只是一时参与了解梦之事而已。盖《汉书·百官公卿表》记云汉之博士"掌通古今"，司马彪《续汉书·百官志》复谓官设博士每当"国有疑事"之际，即需要"掌承问对"，这都应该是对秦政的继承。由此上溯，则秦廷的博士本有为皇帝释疑解惑的职事，而这也体现出前文所说独有儒生才富有知识这一实际情况。

过去，缪荃孙在追溯秦始皇所设博士的历史渊源时，曾经指出："在秦前者，鲁、魏二国有之，《史记·循吏传》云'公仪休者，鲁博士也，以高第为鲁相'；《班书·贾山传》云山祖父祛故魏王时博士弟子也，师古云'六国时，魏也'。盖鲁称秉礼之国，魏文侯好学，曾师事子夏。二国之有博士，有由然也。"（缪荃孙《艺风堂文集》卷三《秦博士考》）由这一历史渊源也可以看出，秦廷的儒学博士，正是在鲁、魏二国旧有制度基础上为大秦帝国设置的一项制度，而这一官位仅供儒学学士就职而不及其他诸子之学，亦诚如缪荃孙所说，乃"有由然也"。至于汉承秦制，以儒士为博士，同样可以由其"下流"以上溯来佐证秦博士的性质。

这些儒学博士第一次出现于史籍当中，是秦始皇三十四年，这位踌躇满志的"始皇帝"，不知是不是为了庆贺自己的生日，在咸阳宫中大摆酒席，席间有"博士七十人前为寿"。关于这一事件，前面也已经谈到。现在重提此事，是想说明，这一情况显示出，这些儒学博士在秦廷当中本来是很受重视的，不然何以能够一个不落地集体出席如此重大的典礼？

深入分析这一情况，我们可以看到儒学发展到战国后期以至秦统一后所呈现出来的两个不同侧面。

其中一个侧面，即以荀子"帝王之术"为标志的用于施政和制度建设的显学。其特点，一是意识观念上的"法后王"与

"性恶说"，一是社会管制上注重法理学或法治的学说。荀子是其理论上的重要倡导者，李斯则是发挥其理论并践行其事的实践者。

另一个侧面，是孔子以来传统儒家在社会生活方面所体现的一项基本特色，或者说是与一般朝野秩序密切相关但又同具体施政方略具有相当距离的一项重要内容，这就是老太史公司马谈所说"列君臣父子之礼，序夫妇长幼之别"（《史记·太史公自序》）。

这两个侧面，在秦朝都有非常突出的体现。前者就是以李斯为代表的"帝王师"，他们极力彰显儒家思想中固有的法理学或法治学说一面，直接服务于秦始皇征服天下并统治天下的政治目标；后者主要是传承社会礼仪的形式和精神，体现这一点的，就是以那七十名官设博士为代表的儒学精英。

这七十博士所体现的意义是十分重大的。第一，就秦朝而言，除了儒学，朝廷没有为其他任何一家学说设置这样的官位，包括所谓"法家"在内（这也清楚说明出自儒门的丞相李斯不可能是什么"法家"，所谓"外儒内法"，即已表明"法家"不过是儒家的另一个侧面），这无疑凸显出儒家在朝廷中独一无二、唯我独尊的官学地位。第二，秦朝之后，哪一个朝代都没有设置这么多官定的博士，这更加清楚地体现出秦廷对儒家的尊崇。

秦始皇聚拢这些儒学精英，列置于朝廷，侯生、卢生却议论说是"特备员弗用"，他们二人的这种说法，既对，也不对。

　　说他们讲得对，是指本着传统儒家"法先王"的政治态度，按照孔子和孟子的社会理想来指导国家的政治活动，进行大的政治制度建设。从这一意义上讲，这些儒学博士确实是基本上没有发挥出什么作用的。

　　前面已经谈到，李斯提出"别黑白而定一尊"这一"国策"，是针对齐人淳于越博士所言"三代之事"而发声的，这就是淳于越大讲什么"事不师古而能长久者，非所闻也"，结果招致了李斯和秦始皇的一顿乱棒，不仅此等"不师今而学古"的举措未被理会，反而还引发了"焚书坑儒"这一疯狂行径：既烧了儒家的书，接下来又埋了儒家的人，由李斯帮助秦始皇"别黑白而定一尊"，这都是对儒家基本治国理念的否定。

　　不过，全盘通观当时的政治形势和前后历史变化，这并不意味着秦始皇对儒家学术的彻底否定，只能说是摒弃了传统儒家的某些政治主张，不让这些主张影响其核心政治，而这些被秦始皇摒弃的政治主张，应属时势不容的迂阔之谈。在当时，不仅秦始皇不予理会，恐怕在任何一位君主那里也都不会找到市场。《史记·儒林列传》所说"天下并争于战国，儒术既绌焉"，就是当时实际情况的写照。

　　后世学人，往往过多集中关注和抨击秦始皇"焚书坑儒"的暴行，却严重忽略了与此同时秦始皇还在朝廷设置了儒学博士并允许其授徒讲学，而这至少在一个侧面显示出秦始皇对儒学的特别重视。昔清人汪中论荀子在儒学传承中的地位，谓

"荀子之学，出于孔氏，而尤有功于诸经经典"，若《毛诗》，若《鲁诗》，若《韩诗》，若《左氏春秋》，若《穀梁春秋》，若《礼》，其经历赢秦仍得以传承，荀子的门徒在其中起到了关键性的作用（清汪中《述学·补遗》之《荀卿子通论》），盖在当时儒者之间"荀卿最为老师"（《史记·孟子荀卿列传》）。若是秦始皇在"焚书坑儒"之际一律禁绝儒学，士子们一碰面商讨一下《诗》《书》等"六艺"的内容，就会遭到"弃市"的惩处，荀子的学问又何以能够经历如此严禁之后仍然得到传承？显而易见，秦廷设置儒学博士并允许其授徒讲学，正是儒学和儒家经典得以传承的重要社会条件。

那么，秦始皇为什么会一边"焚书坑儒"，一边还重视以至于任用儒生呢？清人沈钦韩尝谓"秦烧书坑儒而博士官仍置者，良以博谋佥议，极暴之朝不能废儒生也"（沈钦韩《汉书疏证》卷四），所谓"博谋佥议"不过是现在常说的"集思广益"这个成语的另一种说法，这很中性，并不符合当时的实际情况，或者说未能中其肯綮。实际上，这是因为"焚书坑儒"是为压制以儒生为代表的反对力量或者说是异议人士，是以所谓的"法"来震慑万民，但大秦帝国的建立，确实是一项亘古未有的创制，它和任何一个正常的社会一样，除了"法"，还有"礼"的一面。

仅仅依靠严刑峻法就能确保一个政权的运转和稳定，事实上是不可能的。实则儒家所重之"礼"与法家伸张之"法"，本是一个健全社会互为表里的两个方面。《汉书·艺文志》论

149

法家者流的功用，称"信赏必罚，以辅礼制。《易》曰'先王以明罚饬法'"，这实际上已经述及所谓法家学说与儒家学说相辅相依的关系。班固在《白虎通》中对这一关系做出更加详明的叙述：

> 圣人治天下，必有刑罚何？所以佐德助治，顺天之度也。故悬爵赏者，示有所劝也。设刑罚者，明有所惧也。……礼为有知制，刑为无知设也。（班固《白虎通·五刑》）

吕思勉先生尝谓"出乎礼则入乎刑，礼家言之与法家言相类，亦固其所"（吕思勉《先秦学术概论》下编第二章《儒家》），应即本自班固上述说法。"刑"的量度自然是基于社会共同尊奉的"法"，"入乎刑"也就是"入于法"。这样的说法很好地揭示了礼、法之间的内在联系，显示出对于儒家思想来说，所谓"法家"的学说正是其题中固有之义。

　　不过，事情若是倒转过来看，自然便是"出乎刑则入乎礼"。礼制是一个社会正常运转的常规体制，这是天地自然之理，终归是谁也逃不脱的。在礼制建设方面，司马迁的父亲司马谈曾经谈到，与儒家相比，"若夫列君臣父子之礼，序夫妇长幼之别，虽百家弗能易也"（《史记·太史公自序》），亦即儒家学说最适宜于朝廷以及整个社会礼仪制度的建设，可见国家的礼仪制度建设是离不开儒家和儒生的。秦始皇仅仅依靠严刑峻法，当然无法控制大秦帝国，他还需要与之相辅的另一个侧面，这就是礼制建设。

儒生虽然常常会拿上古的理想社会说事儿，借古讽今，对当朝皇帝造成一定的威胁。但在"焚书坑儒"之举对其加以威吓之后，留存下来服务于朝廷的那些以"博士"为代表的儒者，不敢再轻易借古讽今，给朝廷造成麻烦。因为朝廷恩威交加，妥妥地管控住了这些穷酸书生。

另一方面，对于朝廷来说，在讲礼制方面，儒生既然是"百家弗能易"的最佳人选，不用他们，又去找谁为朝廷效力呢？不管是想用，还是不想用，都只有这些儒生才能实现大秦帝国的礼制建设。秦廷特别设置七十名博士的员额，令其传授儒家的学业，原因即在于此。

因此，我们看到，早在秦始皇二十八年，"始皇东行郡县，上邹峄山，立石，与鲁诸生议，刻石颂秦德，议封禅望祭山川之事。乃遂上泰山，立石，封，祠祀"（《史记·秦始皇本纪》）。更确切地说，所谓"与鲁诸生"之议云云这些话讲得并不十分清楚，前面已经谈到，实际上这一年是"征从齐鲁之儒生博士七十人，至乎泰山下"（《史记·封禅书》），议论封禅大典的儒生，并不是鲁国故土当地的学者，而是隶名于朝廷的那七十个博士，只不过跟随始皇帝东行到了鲁国故地的泰山脚下而已。

秦始皇与这些"儒生博士"商议刻石歌颂秦朝的功德以及封禅之类的祭祀大典，这当然是礼制建设的重要举措。同样，泰山刻石以及琅邪、之罘、碣石、会稽各地的刻石，同样也是其以"礼"治国的重要举措。这是大秦帝国治国方略中与严刑峻法相辅而行的另一个侧面。

《史记·封禅书》记载说，七十博士参与商议封禅之礼，由于其议"各乖异，难施用"，致使秦始皇"由此绌诸生"，令其"不得与用于封事之礼"。儒生实际不顶事儿，秦始皇就干脆自行其是，既封又禅地搞了一次祭天祀地的大典，这恐怕是开天辟地以来的头一遭，可以说是这位始皇帝的一大创举。不过，众儒生说不清封禅典礼该怎么搞，并不等于他们在朝廷的礼仪建置方面就一无所能。因为实际上没什么材料能够证明在秦始皇之前确实有人在泰山搞过封禅，这事一直只是个美丽的传说，就连这些儒生的祖师爷孔夫子都觉得这件事"盖难言之"（《史记·封禅书》），他们这些后生小子又有谁能够说得清楚？

既然儒家在君臣父子、夫妇长幼这些社会礼仪方面的修养和能力"百家弗能易"，也就是具有其他任何一家学派都不具备的极大优势，那么，秦朝只要存在，就一刻也离不开这些儒生。这些儒生在泰山脚下遭到秦始皇抑绌五年之后，至秦始皇三十四年，我们很快就又看到他们齐刷刷地被秦始皇请到寿庆宴席之上，原因就在于此。

这些儒生一直是朝廷制定和开展礼仪活动的重要支柱，也是传承《诗》《书》等"六艺"之学的骨干力量。譬如前面已经谈到，汉初独授《尚书》的伏生，就曾经是秦廷的博士（《史记·儒林列传》）。

又如，秦廷这七十名博士之一的叔孙通，在秦末率其"儒生弟子百余人"归附于汉，刘邦拜他为博士，重又出任了前朝的旧职，这当然是用其所长。

至汉五年，刘邦取得天下之后，叔孙通等果然在汉代的礼仪制度建设方面发挥了重大作用：

> 诸侯共尊汉王为皇帝于定陶，叔孙通就其仪号。高帝悉去秦苛仪法，为简易。群臣饮酒争功，醉或妄呼，拔剑击柱，高帝患之。叔孙通知上益厌之也，说上曰："夫儒者难与进取，可与守成。臣愿征鲁诸生，与臣弟子共起朝仪。"高帝曰："得无难乎？"叔孙通曰："五帝异乐，三王不同礼。礼者，因时世人情为之节文者也。故夏、殷、周之礼所因损益可知者，谓不相复也。臣愿颇采古礼与秦仪杂就之。"上曰："可试为之，令易知，度吾所能行为之。"（《史记·刘敬叔孙通列传》）

结果，经过叔孙通一番设置排演，群臣行礼如仪，让刘邦领受到了朝仪的庄严郑重，不禁感叹云："吾乃今日知为皇帝之贵也。"（德勇案：依据《汉书·礼乐志》的记载，叔孙通为汉高祖制定的礼仪是全面的，还包括"因秦乐人制宗庙乐"，故汉家宗庙乐章"大氐皆因秦旧事焉"。）感慨之余，刘邦"乃拜叔孙通为太常，赐金五百斤"，使他一跃成为像模像样的高级官吏。

"太常"这个官儿，在当时是个地地道道的"正部级"干部（其实际地位比现代的政府部长还要稍微高些）。叔孙通骤升高位，靠的就是他在大秦帝国学习到的儒生看家本事——礼学，用以帮助刘邦制礼作乐，而他所说"颇采古礼与秦仪杂就之"这句话，则清楚显示出秦朝的礼仪，就是靠像他这样的儒生制定并协助朝廷具体施行的，所以他才能自如地撷取其中可行部分改作汉廷的朝仪。

司马迁在《史记·刘敬叔孙通列传》篇末称誉叔孙通是"汉家儒宗"。我想，在两个方面，他都足以当之：一是汉朝礼仪制度的设计和施行，即"定宗庙仪法""定汉诸仪法"（《史记·刘敬叔孙通列传》）；一是成为太常之后，除了负责宗庙礼仪诸事之外，他还主管"博士"这支儒学的骨干队伍，这为汉朝儒学的人才建设，发挥了关键性的作用（《汉书·百官公卿表》）。

顺着这一思路继续追究，很容易想到，刘邦是大汉的皇帝，自然要用皇帝的礼仪，而秦始皇是开天辟地以来的第一位皇帝，这是前无所承的，所以这位始皇帝在秦朝使用的各项礼仪，必然有很多是出自秦廷自己的创制，最适合也最有可能给秦廷创制出这套全新礼仪的人，只有儒生。

这样我们也就能够明白秦始皇为什么如此重视儒生和儒学，为什么要在朝中设置多达七十人的博士职位。秦始皇"焚书坑儒"，固然残忍至极，暴虐至极，但他像所有专制统治者一样，明白要想让他打下的江山皇图永固，传之万世，还需要一整套的礼仪制度，而要建设这样的制度，只能充分发挥儒生和儒学的作用。班固撰《汉书·古今人表》，把秦始皇列在既可与为善，亦可与为恶的"中人"（中人之下等，即"中下，与他的丞相李斯以及起事推翻秦朝的陈胜、项羽列在同一档次），至少在对待儒生和儒学的态度上，他还有与"焚书坑儒"不同的另一副面孔，因此还不能说他是一个穷凶极恶的"下愚"之人。

弄清楚这一点，我们也就能够更好地理解，在秦始皇的治下，只要你不借古讽今，在所谓"纯学术"层面，儒家学说还是很受当政者重视的，儒生之间也是可以开展"学术讨论"的，当然更鼓励和奖赏取媚于朝廷的人（譬如卖身投靠的周青臣就混上了"仆射"，成了管理其他博士的头目，还有奴颜婢膝地给秦始皇写作《仙真人诗》的博士，也会得到应有的赏赐）；同时也绝不会出现两个人对谈《诗》《书》或是几个人围成个圈儿轻声细语谈论一下《诗经》《尚书》等儒家经典的内容就被官府杀掉的事。

总之，在秦朝，儒学不仅没有遭到彻底的禁锢，甚至还获得了其他诸家学说所没有的官学地位；至少在表面形式上，较诸其他各家学说，儒学获得了更大的发展（陈寅恪先生甚至以为《中庸》乃"秦时儒生之作品也"，说见陈寅恪《书世说新语文学类钟会撰四本论始毕条后》，刊《金明馆丛稿初编》）。不然，就不会有汉家的礼仪制度建设和儒学的传授与"独尊"。

上面，我从三个方面，论述了秦始皇与儒学的关系，得出

挾書律重火猶光

天下翕然不敢藏

圯上老人無見者

一編親寫授張良

敝人以几种元明刻本代表性字体集录的
宋葛庆龙著《咏黄石公》诗

了秦始皇并没有像古往今来众多世人所认为的那样禁绝儒学，轻视儒学的结论。不仅如此，实际上秦始皇还相当尊崇儒学，甚至可以说他给予了儒学空前绝后的社会地位，只不过儒生在秦朝讲论儒家学说，指向是确定的，即只能发挥积极的作用，只能歌功颂德（譬如写下秦始皇东巡刻石那样的文字等），如若不然，秦始皇三十五年坑掉的那四百六十多个书生，就是他们的下场。

最后，大家一定很感兴趣的问题是：秦始皇这软硬兼施的阴阳两手真的有用吗？这个问题，用不着我说，事儿在那儿明摆着：看似巍乎高哉的大秦帝国，在秦始皇死后，很快就稀里哗啦地垮塌掉了。宋人葛庆龙有一首《咏黄石公》诗，很好地回答了这个疑问："挟书律重火犹光，天下严搜不敢藏。圯上老人无见者，一编亲写授张良。"好书，烧不尽；真人，还在写，还在传。所以，对于真心想读书的人来说，我们今天还是有书读。

2019 年 11 月 28 日上午讲说于山东大学历史文化学院